Deseo™

Pasión argentina

JENNIFER LEWIS

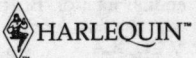

Editado por HARLEQUIN IBÉRICA, S.A.
Núñez de Balboa, 56
28001 Madrid

© 2009 Jennifer Lewis. Todos los derechos reservados.
PASIÓN ARGENTINA, N.º 1708 - 3.3.10
Título original: In the Argentine's Bed
Publicada originalmente por Silhouette® Books.

Todos los derechos están reservados incluidos los de reproducción, total o parcial. Esta edición ha sido publicada con permiso de Harlequin Enterprises II BV.
Todos los personajes de este libro son ficticios. Cualquier parecido con alguna persona, viva o muerta, es pura coincidencia.
® Harlequin, Harlequin Deseo y logotipo Harlequin son marcas registradas por Harlequin Books S.A.
® y ™ son marcas registradas por Harlequin Enterprises Limited y sus filiales, utilizadas con licencia. Las marcas que lleven ® están registradas en la Oficina Española de Patentes y Marcas y en otros países.

I.S.B.N.: 978-84-671-7849-4
Depósito legal: B-1395-2010
Editor responsable: Luis Pugni
Preimpresión y fotomecánica: M.T. Color & Diseño, S.L.
C/ Colquide, 6 portal 2 - 3º H. 28230 Las Rozas (Madrid)
Impresión y encuadernación: LITOGRAFÍA ROSÉS, S.A.
C/ Energía, 11. 08850 Gavá (Barcelona)
Fecha impresión para Argentina: 30.8.10
Distribuidor exclusivo para España: LOGISTA
Distribuidor para México: CODIPLYRSA
Distribuidores para Argentina: interior, BERTRAN, S.A.C. Vélez Sársfield, 1950. Cap. Fed./ Buenos Aires y Gran Buenos Aires, VACCARO SÁNCHEZ y Cía, S.A.
Distribuidor para Chile: DISTRIBUIDORA ALFA, S.A.

Capítulo Uno

¿Cómo lograr que un completo extraño entregue una muestra de ADN?

El coche que Susannah Clarke había alquilado ya casi se había quedado sin gasolina. Ella había sabido que la hacienda Tierra de Oro estaba bastante alejada de Mendoza, Argentina, y había previsto todo con cautela. Pero tanto el vehículo como su depósito de gasolina eran muy pequeños... en comparación con las enormes distancias que había entre un lugar y otro en aquel país.

Enormidad que también se aplicaba al propio temor que se había apoderado de ella.

Miró a la derecha y pudo ver cómo brilló el sol sobre los picos nevados de los Andes. A su alrededor se expandía la fértil tierra en la que se encontraban enclavados algunos de los viñedos más importantes del mundo.

Cuando se desvió de la carretera principal, la señal que marcaba el nivel de gasolina bajó por debajo de cero. Susannah pidió silenciosamente que el coche aguantara un poco más. No quiso tener que ir andando hasta la casa a la que se dirigía para dar una tremenda noticia.

—Oye, creo que eres el hijo ilegítimo de mi jefe... ¿tienes un bidón de gasolina que puedas prestarme?

Tragó saliva con fuerza al comenzar a ver una edificación y respiró profundamente.

Dejó de pisar con fuerza el acelerador del vehículo ya que se sintió ansiosa por no gastar la poquísima gasolina que quedaba. Una hilera de cipreses se extendía a ambos lados de la carretera secundaria por la que estaba circulando. Una elegantemente pintada señal indicaba hacia la derecha. Por fin había llegado a Tierra de Oro.

Entonces se dirigió hacia la casa. Por primera vez no acudió a aquella zona para hablar con el jefe viticultor de alguna hacienda acerca de qué uvas crecían con fuerza en las tierras del lugar o de cuántos pedidos quería Hardcastle Enterprises para su restaurante insignia.

Llegó a un majestuoso jardín que rodeaba a una preciosa casa antigua de techo de tejas rojas y grandes ventanales.

Detuvo el vehículo frente a la puerta principal de la vivienda. Abrió la puerta del coche y se bajó de éste mientras sintió lo revolucionado que tenía el corazón.

En ese momento escuchó unos ladridos, ladridos que cada vez parecieron más cercanos. Dos enormes perros blancos se acercaron a ella desde la vivienda.

Susannah se atemorizó. Se echó para atrás y trató de abrir de nuevo la puerta del coche mientras se imaginó ser devorada por aquellos perros en la propiedad de Amado Álvarez.

La puerta del vehículo no se abría...

—¡Ayuda! —gritó al observar cómo el primero de los perros se acercó a ella.

El animal saltó sobre su cuerpo y la echó sobre el coche mientras el otro perro ladró y gruñó desde cierta distancia. Susannah sintió cómo un profundo dolor se apoderó de su codo al chocar éste contra la ventanilla del vehículo.

–¡Ayuda!

En ese momento la puerta principal de la vivienda se abrió y pudo oír la orden que dio una profunda voz de hombre. De inmediato, los perros se echaron para atrás y se sentaron. Comenzaron a jadear inocentemente. Todavía apoyada en el lateral de su vehículo alquilado, ella trató con todas sus fuerzas de recuperar el aliento.

Observó cómo un hombre alto se apresuró a acercarse a ella.

–Disculpe el extremadamente efusivo recibimiento que le han dado mis perros.

Aquel hombre le habló en castellano. Susannah se dijo a sí misma que era normal ya que él no sabía quién era ella.

El pelo castaño oscuro de aquel extraño cayó seductoramente sobre sus ojos color almendra. La ropa que llevaba puesta, unos pantalones caqui y una camisa color crema, revelaba sus anchos hombros y sus delgadas caderas, así como sus largas y poderosas piernas.

Era un hombre guapo.

Y tendría alrededor de treinta años... que era la edad del hijo perdido de Tarrant Hardcastle.

El corazón de Susannah, que ya estaba acelerado debido al cercano encuentro con la muerte que había tenido, comenzó a latir con más fuerza aún.

–Por lo menos no tiene que preocuparse por los ladrones –comentó.

El hombre sonrió. Esbozó una ligeramente torcida sonrisa que mostró el contraste entre sus blancos dientes y su broceada piel. Al darle la mano aquel atractivo desconocido, ella sintió cómo le dio un vuelco el corazón por razones que no tuvieron nada que ver con el miedo.

Entonces se preguntó a sí misma si se lo había imaginado o si aquel hombre le había apretado la mano de manera provocadora. La travesura se reflejó en los pícaros ojos marrones de él.

Aquel hombre tenía unas facciones aristocráticas, elegantes. Tenía una larga y ligeramente aguileña nariz. Todo acerca de él denotaba tranquilidad. Chascó los dedos y los dos enormes sabuesos se levantaron y se acercaron a su lado. Entonces lo miraron con adoración.

—Disculpaos con la señorita —ordenó, haciendo un gesto con la mano.

Los perros se dieron la vuelta de inmediato. El hombre chascó los dedos y ambos se tumbaron a los pies de Susannah.

—Estoy muy impresionada.

—Cástor y Pólux normalmente se comportan muy bien. No sé por qué se han alterado tanto con usted —comentó aquel atractivo hombre. Entonces hizo una pausa y se permitió el lujo de dirigir su arrogante mirada hacia la chaqueta y la falda de ella—. Bueno, quizá sí que lo sepa —añadió con la insinuación reflejada en los ojos—. ¿En qué puedo ayudarla?

—¿Es usted Amado Álvarez?

—A su servicio —contestó él, inclinando la cabeza en una burlona reverencia—. ¿Y usted cómo se llama?

—Susannah Clarke —contestó ella, respirando profundamente—. Yo... tengo que hablar de algo privado con usted... contigo.

–¡Qué intrigante! Pasa –indicó él, tuteándola a su vez. Señaló las anchas escaleras de piedra que había delante de la puerta principal de la casa.

Se apartó a un lado para permitirle el paso a Susannah y para que ésta subiera primero las escaleras. A ella todavía le dolía el codo debido al golpe que le había dado el perro contra su vehículo.

Pero pensó que la noticia de la que era portadora quizá fuera a dejar a Amado Álvarez con muchas más heridas que un simple codo lesionado.

Cuando entraron en la vivienda él la guió hasta un gran salón en el cual había unos cómodos sofás alrededor de una chimenea. Los dos enormes perros de él les siguieron.

–¿Has dicho que es un asunto privado? –preguntó Amado, indicándole a Susannah que se sentara en uno de los sofás de cuero. Entonces se sentó junto a ella, pero respetó una mínima distancia entre ambos para ser educado.

Los perros se echaron sobre una alfombra que había frente a la chimenea, la cual estaba apagada.

–Sí –contestó Susannah, entrelazando los dedos–. ¿Has oído hablar alguna vez de Tarrant Hardcastle?

Tras preguntar aquello se sintió muy intranquila.

Amado se encogió de hombros.

–No, ¿debería haber oído hablar de él?

–Bueno... –ella pensó que si estropeaba aquello podía perder su trabajo–, no estoy muy segura de cómo decirte esto, pero él cree que es tu padre y le encantaría conocerte.

Amado frunció el ceño y sonrió.

–¿Es esto una broma? ¿Quién te ha mandado para que hables conmigo? ¿Tomás?

Ella respiró profundamente.

–Me temo que no es una broma. Tarrant asegura que mantuvo un romance con tu madre en Manhattan en el año 1970… y que tú eres el resultado de aquella unión.

La cara de Amado reflejó gran diversión.

–¿Manhattan? ¿En Nueva York?

–Sí. Tu madre estaba allí estudiando Arte. Por lo menos así es como lo recuerda Tarrant.

Amado la miró como si ella acabara de decirle una gran tontería.

–¿Mi madre… estudió Arte en Nueva York? –preguntó, emitiendo a continuación una sonora risotada.

Entonces giró la cabeza.

–¡Mamá! –gritó.

Susannah sintió mucha vergüenza ante todo aquello. La madre de él seguramente era una mujer de cincuenta años que vivía una vida respetuosa… y que estaba a punto de enfrentarse con seguramente la única indiscreción que había cometido, indiscreción que podía llegar a alterar todas sus vidas.

Se echó para atrás en el sofá.

–¿Qué ocurre, cariño? –dijo alguien con una dulce voz.

Susannah se levantó al entrar en ese momento en el salón la madre de Amado. Ésta era una mujer bajita y regordeta de pelo canoso. Llevaba puestas unas gafas de montura gruesa y unos zapatos ortopédicos.

Susannah parpadeó. La señora Álvarez suponía un impresionante contraste con la tercera esposa de Tarrant, la cual había sido reina de la belleza.

Amado se levantó y le dio un beso.

–Mamá, te va a encantar esto, pero primero permíteme que te presente a Susannah Clarke. Susannah, ésta es mi madre, Clara Álvarez.

–Encantada de conocerte –comentó Clara, estrechando la mano de Susannah. Su piel era tan delicada como su voz y sus brillantes ojos azules reflejaron gran amabilidad–. ¿Has venido desde muy lejos?

Susannah tragó saliva con fuerza.

–Vengo de Nueva York.

–Mamá, ¿has estado alguna vez en Nueva York?

A Susannah le dio la impresión de que aquella mujer mayor, que parecía cercana a los setenta años, cambió repentinamente. Se puso tensa y una cierta dureza se reflejó en la expresión de su cara.

–Nunca.

–Pues parece que Susannah piensa que en el año 1970 estuviste allí estudiando Arte.

Clara Álvarez se rió. Pero no fue una risa natural, sino que fue muy forzada.

–¡Qué tontería! Nunca he estado más lejos de Buenos Aires. ¿Por qué piensa esa locura?

Los ojos de Clara reflejaron desconfianza, y reprobación, cuando ésta miró a Susannah por encima de la montura de sus gafas.

Susannah suspiró. Le fue imposible imaginarse a Tarrant teniendo una aventura amorosa con aquella… pequeña y anciana mujer. Incluso treinta años atrás ya habría estado muy desmejorada. La esposa de Tarrant tenía la mitad de la edad de éste… o menos.

–Perdonadme, tengo una cazuela al fuego –se disculpó la madre de Amado antes de marcharse del salón.

–¿Te das cuenta de a lo que me refiero –preguntó él, levantando una ceja–. Me duele decirte esto, pero creo que te has equivocado de Amado Álvarez.

Susannah frunció el ceño. Álvarez era un apellido muy común y se preguntó si tal vez la investigadora había cometido un error.

De lo que sí que estaba segura era de que Tierra de Oro era el lugar que le habían indicado. Su jefe le había ordenado que no regresara a Hardcastle Enterprises sin una muestra del ADN de aquel Amado Álvarez.

El tiempo era fundamental. Tarrant Hardcastle ya había vivido más tiempo del que le había comentado el médico que viviría y, si quería conocer a su hijo desaparecido antes de que fuera demasiado tarde...

–El asunto se podría resolver con una simple prueba de laboratorio –comentó–. Si fueras tan amable de darme una muestra de tu ADN, yo podría mandarlo a analizar de inmediato y podríamos conocer la verdad.

Los ojos de Amado se abrieron como platos.

–¿ADN? ¿Quieres que te dé una muestra de mi sangre?

–No tiene que ser sangre. De hecho, una muestra del tejido de tu boca sería ideal.

–No –contestó él, llevándose una mano a la cara.

En ese momento Clara apareció de nuevo en el salón. Estaba acompañada de un hombre canoso que se quedó mirando a Susannah.

Los perros se levantaron al sentir la tensión que se había apoderado del ambiente.

El señor mayor se acercó a Susannah y asintió con la cabeza de manera brusca a modo de saludo.

–Yo soy Ignacio Álvarez y Amado es hijo mío. Usted ya no tiene nada más que hacer aquí. Permítame que la acompañe a su vehículo.

Susannah pensó que aquel hombre tenía los ojos marrones, como Amado, mientras que Tarrant los tenía azules. Se dijo a sí misma que si éste hubiera tenido una aventura con Clara, lo más seguro era que Amado habría sacado los ojos azules. Pero a continuación le entraron dudas.

—Yo... yo... —comenzó a decir. Recordó que si regresaba sin el ADN, Tarrant se pondría furioso.

Lo más probable sería que la echara. O que la volviera a mandar a aquel lugar. O ambas cosas.

—Papá, me estás dejando muy impresionado —comentó Amado, frunciendo el ceño y situándose entre su padre y Susannah—. Tal vez esta mujer esté equivocada en su búsqueda, pero ha viajado desde Nueva York y ni siquiera le hemos ofrecido un refresco.

Susannah miró a ambos hombres. Amado era alto, como Tarrant, mientras que Ignacio era bastante bajito. Aun así...

—Hijo, realmente creo que...

Amado levantó una mano.

—Permíteme que te ofrezca algo de comer y un café —le dijo a ella—. ¿O prefieres vino?

Susannah respiró profundamente.

—Me dedico a la compra de vinos para Hardcastle Enterprises —contestó, pensando que quizá podía convertir aquello en un viaje de negocios y tratar el asunto personal más tarde—. Me encantaría probar vuestros vinos para ver si los podemos comprar y así ofrecerlos en nuestros restaurantes.

—Excelente. Mamá, por favor, pídele a Rosa que prepare algo de comer para nuestra invitada. Y, para empezar, un vaso de Malbec de la cosecha del 2004.

Susannah se dio la vuelta y vio que Ignacio la estaba observando detenidamente mientras fruncía el ceño. Apartó la vista. No le sorprendió que estuviera disgustado ante el hecho de que ella hubiera sugerido que su hijo no era realmente suyo.

Clara se había marchado del salón, posiblemente para poner veneno en el Malbec del 2004.

–¿Qué variedades cosecháis en Tierra de Oro? –preguntó, esbozando una profesional sonrisa.

–Sobre todo Cabernet Sauvignon y Malbec. Somos muy afortunados ya que gozamos de una gran variedad de altitudes y microclimas, por lo que constantemente experimentamos con vinos nuevos –contestó Amado–. ¿Por qué no salimos fuera y te lo enseño?

El joven Álvarez la guió hasta un patio exterior desde el cual se divisaba toda la zona sur de la hacienda.

Los viñedos se extendían por todo el paisaje y llegaban hasta las estribaciones de los Andes.

–Es un lugar muy especial –comentó Susannah sin siquiera haber pretendido decirlo.

La luz que había en aquellas tierras tenía un aspecto extraño que la deslumbraba. Era brillante, pero al mismo tiempo suave.

Dura, pero delicada a la vez.

Quizá todas las horas que había estado viajando le habían aturullado el cerebro.

Amado miró el paisaje que tenían delante.

–Sí, es un lugar especial –contestó, frunciendo el ceño–. Yo no me puedo imaginar vivir en ningún otro sitio.

Susannah se quedó helada. Pensó que si finalmente Amado no era hijo de Ignacio, quizá perdiera el derecho a dirigir la hacienda.

Repentinamente el sol de la tarde pareció cegador.

–¿Desde hace cuánto tiempo vive aquí tu familia?

–Desde siempre –respondió él, sonriendo–. Bueno, así es como nos sentimos. El primer Álvarez llegó a estas tierras en 1868, desde Cádiz, y se casó con una chica de la zona. Llevamos aquí desde entonces.

–Comprendo por qué. El lugar es precioso –comentó ella, observando cómo el sol se reflejó en las copas nevadas de las montañas, las cuales parecían extenderse hasta casi el final del mundo.

Pensó que ella no había vivido en un mismo lugar durante más de tres años. Ni siquiera podía seguir culpando a sus padres, que habían sido misioneros, ya que al llegar a la edad adulta había seguido haciendo lo mismo.

–Obviamente todo esto ha cambiado mucho desde entonces, pero hacemos cuanto podemos para proteger y cuidar la tierra.

–¿Siempre habéis cultivado uvas? –preguntó Susannah, asegurándose de incluir a Amado en la familia Álvarez.

–Siempre ha habido unos cuantos cientos de vides, principalmente para el consumo de la familia. La mayor parte de éstos... –comentó él, indicando con la mano los viñedos que tenían delante– han sido plantados en los últimos diez o quince años, desde que convencí a mi padre de que cambiáramos el ganado por la vinicultura.

En ese momento la puerta que había detrás de ellos se abrió y una anciana y diminuta mujer, mujer que haría parecer muy joven a Clara a su lado, salió de la vivienda. Llevaba consigo una bandeja con dos vasos de vino y un plato con rosquillas.

–Gracias, Rosa –ofreció Amado, tomando la bandeja. La dejó sobre el poyete de piedra que rodeaba el patio.

Susannah sonrió a Rosa… la cual devolvió el gesto con una dura mirada.

–El Malbec del 2004 es uno de nuestros mejores vinos. Ha ganado varios premios y ha captado la atención internacional. Dime qué te parece –comentó él, acercándole uno de los vasos. Sus oscuros ojos brillaron debido al orgullo que sentía de su vino.

Susannah aceptó el vaso y olió el vino, el cual tenía un aroma muy joven y frutal, tal vez demasiado para su gusto. Entonces dio un sorbo, uno muy pequeño para despertar sus sentidos.

–Delicioso –dijo con sinceridad.

Aquel vino era maravilloso.

Amado esbozó una sonrisa que dejó ver sus brillantes y blancos dientes, tras lo cual bebió de su propio vino.

–Estoy de acuerdo. No hay ningún problema si uno está orgulloso de su propio hijo, ¿no te parece?

–Desde luego –contestó ella sin poder evitar sonreír y dar un nuevo sorbo al vino–. ¿Cuántas cajas tenéis disponibles para comprar en este momento?

Él echó la cabeza para atrás y se rió.

–¿Estás hablando de negocios tan pronto? Había escuchado que a vosotros, los americanos, no os gusta perder el tiempo. Y es cierto.

Susannah parpadeó y se preguntó si su interés profesional en el vino tal vez era inapropiado bajo aquellas circunstancias.

Estaba segura de que Tarrant querría servir aquel vino en Moon, el restaurante de lujo situado en lo alto de su imponente edificio de Manhattan. Combinaría perfectamente con el famoso *osso buco* del chef y con el *boeuf en croute*.

–¿No estás interesado en vender?

–Claro que lo estoy. Vender vino es nuestro negocio –respondió Amado. La expresión de su cara dejó claro que consideraba aquel tema de conversación bastante divertido.

–Entonces… ¿por qué te estás riendo de mí? –preguntó ella. Pero odió haber parecido estar a la defensiva.

–Eres tan seria –contestó él, levantando el plato con las rosquillas–. Prueba alguno de los alfajores de Rosa.

Susannah tomó una de las rosquillas. Era algo parecido a una mezcla entre una galletita de chocolate y un sándwich. Dos capas de hojaldre que llevaban dentro…

Le dio un bocado. Caramelo. No, lo que en realidad llevaba dentro la rosquilla era dulce de leche. Estaba riquísima.

Sacó la lengua para evitar que se le cayeran al suelo pequeños trocitos de hojaldre.

La oscura mirada de Amado se fijó en su boca.

–Rosa es la mejor cocinera que hay en Mendoza.

–No discutiré contigo. ¿Cuántas cajas de esto podría comprar?

Amado se rió de nuevo. Susannah se sintió aliviada ya que en aquel momento él se estaba riendo con ella y no de ella. Pero ya había llegado el momento de tratar el verdadero asunto que la había llevado a aquel lugar.

–Tus padres parecían disgustados.

Él frunció el ceño.

–Sí.

–Como si supieran algo –comentó ella. Entonces vaciló para que Amado sacara sus propias conclusiones.

Él miró las copas de las montañas y no dijo ni una palabra.

–Querían librarse de mí porque no quieren que escuches lo que tengo que decirte –continuó Susannah–. ¿Lo sabes, verdad?

–Estoy de acuerdo en que el comportamiento que han tenido ha sido extraño.

Susannah se percató de que la confusión era una emoción extraña y difícil para Amado Álvarez. Éste no sabía cómo manejarla. Quería decirle que estaba equivocada… pero no pudo.

Él observó cómo la leve brisa veraniega jugueteó con el largo pelo oscuro de ella y cómo le levantó levemente el vestido por la parte de abajo. Nerviosa y delicada, aquella encantadora mujer pareció avergonzada por haber invadido su privacidad.

La historia que había contado Susannah era una locura. No debería prestarle la menor atención. En su despacho tenía un certificado de nacimiento donde se establecía que sus padres eran Clara e Ignacio Álvarez. Su padre se había asegurado de entregárselo y le había dicho que lo guardara en un lugar seguro.

Pero no comprendió por qué sus progenitores se habían comportado de una manera tan extraña ante la llegada de aquella inesperada visita. Se preguntó qué estaba pasando.

Se acercó mucho a Susannah… hasta que pudo oler su perfume.

–¿Por qué has venido hasta aquí para darnos esta extraña noticia?

–Tarrant Hardcastle es mi jefe. Yo viajo para la compañía en busca de buenos vinos para adquirir. Estoy segura de que me eligieron porque hablo siete idiomas, incluido el castellano. Fiona, la hija de Tarrant, se ofreció a venir ella misma, pero no sabían si tú hablabas inglés.

–Sí que lo hablo –contestó él en inglés.

–Eso veo –respondió ella, sonriendo. Al hacerlo mostró una bonita y delicada dentadura–. Entonces no me tendrían por qué haber mandado a mí, pero aquí estoy –añadió, encogiéndose de hombros–. Me encanta mi trabajo y me gustaría mantenerlo.

–Y para mantenerlo necesitas unas pocas gotas de mi sangre.

Amado no tenía ninguna intención de entregarle una muestra de ADN, pero Susannah estaba hablando tan en serio que no pudo resistir la tentación de bromear.

–Como ya te dije antes, basta con una muestra del tejido de tu boca...

Él hizo un gesto de dolor y, a continuación, se le ocurrió una entretenida idea.

–Tal vez podrías obtener la muestra de ADN con un beso, ¿no es así?

Los ojos de ella se abrieran como platos y Amado pudo observar cómo se ruborizó. Le pareció encantador.

Entonces Susannah controló su reacción y levantó una ceja.

–¿Te refieres a si puedo tomar una célula del interior de tu mejilla con la lengua?

Él esbozó una sonrisa al imaginarse aquella rosa lengua en su boca.

–Quizá sea capaz de someterme a eso. Si tú estás dispuesta, por supuesto.

—No creo que eso sea muy científico. Mi ADN se mezclaría con el tuyo.

—Mucho mejor —comentó Amado, mirando la boca de Susannah hasta que ésta separó los labios.

—Ja, ja, ja —la risa de ella pareció muy falsa.

A él le agradó aquello ya que implicaba que la estaba poniendo nerviosa.

—Estoy dispuesto y preparado —aseguró—. Puedes tomar tu muestra de ADN en este momento, si quieres.

Susannah frunció el ceño y Amado se percató de los bonitos ojos oscuros que ésta tenía.

—Mi mejor amiga me advirtió acerca de los hombres argentinos.

—Ah… —Amado la miró a la cara y al cuello. Disfrutó al ver la sensual curva de su boca y la manera en la que estaba levantando la barbilla.

Ella se llevó las manos a las caderas.

—Me dijo que son muy arrogantes y engreídos.

Él no resistió la necesidad de bajar la mirada por el cuerpo de aquella mujer. Primero le miró el escote y se percató de que tenía unos pechos firmes, así como una estrecha cadera.

Se sintió embargado por el deseo y no pudo evitar quedarse mirando cómo la brisa marcó las delgadas y largas piernas de aquella hermosa mujer al ceñir la falda a éstas.

Susannah apartó las manos de sus caderas y se cruzó de brazos de manera defensiva.

—Nunca antes una mujer bella me había pedido una muestra de ADN. Simplemente estoy considerando todas mis opciones —comentó Amado, dirigiendo la mirada de nuevo a los ojos de ella. La enfrentó con su abierta admiración.

El comportamiento de aquella mujer provocó en él la necesidad de verla desnuda y sin aliento. Deseó llevarla a la cama y darle placer, así como hacerle olvidar todo el asunto del ADN y del hijo perdido de alguien.

–¿Por qué piensa tu jefe que yo, de entre todas las personas que viven en el mundo, soy su hijo?

–Hace unos meses contrató a una investigadora privada. Creo que le contó todo acerca de las madres de sus hijos y de cuándo tuvieron los bebés.

Amado sintió bastante repugnancia acerca del asunto.

–¿Este hombre cree que ha tenido varios hijos que nunca ha conocido?

Susannah asintió con la cabeza.

–Es una situación difícil. Yo no he conocido a la investigadora, pero me informaron de que te localizó aquí. Quizá simplemente tengan esperanzas de que tú seas la persona adecuada.

–Pero no puedo serlo. Simplemente no es posible.

–Es cierto que parece poco probable. Yo sólo estoy aquí porque me ordenaron que viniera.

–¿Siempre haces lo que te ordenan? –quiso saber él.

–Depende de quién me ordene y de cuánto confíe yo en ellos.

La sincera respuesta de ella sólo logró aumentar la intriga de Amado.

–¿Y qué te parece si yo te entrego una muestra de mi ADN, sólo para demostrar que estás equivocada, claro está, si pasas la noche en mi cama?

Capítulo Dos

Susannah se quedó boquiabierta durante un momento... antes de reírse de lo que había sugerido Amado.

–Es una manera de obtener ADN que no estoy segura de que tus padres fueran a aprobar.

Ignacio Álvarez salió en aquel preciso momento al patio como si hubiera oído lo que estaban diciendo.

Horrorizada, ella pensó que probablemente sí que había escuchado su conversación.

Clara siguió muy de cerca a su marido y le tiró ansiosamente de la chaqueta.

Muy tranquilo, Amado levantó la botella de vino.

–¿Nos acompañáis para tomar un vino?

Ignacio frunció el ceño.

–Amado, tenemos que hablar de algunos asuntos muy importantes.

–Yo no me imagino nada más importante que entretener a la señorita Clark. Como habéis oído, se dedica a comprar vino para un importante minorista vinícola de Nueva York. Hemos hablado de la posibilidad de exportar nuestros vinos a los Estados Unidos. Tal vez ésta sea la oportunidad que tanto hemos esperado.

Tras decir aquello, Amado le guiñó el ojo pícaramente a ella.

Susannah logró mantener sus facciones serenas.

–Ha llegado sin previo aviso, no había acordado ninguna cita –comentó Ignacio, mirando a Susannah.

Ella recordó que desde el despacho de Tarrant habían telefoneado en numerosas ocasiones para tratar de concertar una cita. Pero aquellas llamadas telefónicas habían sido ignoradas. Seguramente había sido Ignacio quien no había contestado el teléfono. Aquélla había sido la razón por la cual se había visto forzada a llegar de improviso.

Su curiosidad aumentó. Miró a Clara, la cual estaba apoyada en el marco de la puerta con los ojos como platos. Tenía la ansiedad reflejada en ellos.

–Papá, ¿por qué os hace sentir tan incómodos la presencia de Susannah? –preguntó Amado–. ¿No creerás la alocada historia de que soy el hijo ilegítimo de su jefe? –añadió. Entonces sonrió como si todo aquello fuera una broma.

Ignacio volvió a fruncir el ceño.

–Claro que no –gruñó–. Es ridículo y ofensivo. No me gustaría que las acusaciones infundadas estropeen nuestra reputación. ¿Quién sabe qué clase de rumores podría generar una insinuación tan escandalosa como ésta?

–No puedes tener un rumor sin que haya algo de lo que hablar. Y no hay nada, ¿verdad? –contestó Amado, mirando a su padre con el desafío reflejado en su oscura mirada. El extraño comportamiento de sus padres le estaba haciendo sospechar.

Así como también estaba despertando la curiosidad en él.

–Ella debe marcharse, cariño –terció Clara–. Es lo mejor. No queremos que la gente hable.

–¿Habéis perdido ambos el juicio? Desde luego que queremos que la gente hable. Queremos que todo el mundo pronuncie las palabras «Tierra de Oro» –Amado levantó la barbilla ante sus padres en un claro desafío a que le contradijeran–. Quiero que Susannah regrese a Nueva York incapaz de dejar de hablar de nuestros vinos –añadió, sonriendo ante la señorita Clarke–. Ahora la voy a llevar a las bodegas y le voy a mostrar la sala de catas.

Los ojos de Susannah se pusieron como platos. Pero aun así decidió no discutir… siempre y cuando Amado no la echara de allí.

Ignacio resopló y Clara trató de suplicarle a su hijo que hablara con su padre, pero Amado tomó a Susannah por el brazo y la alejó de allí.

Durante un segundo ella pensó que lo que realmente iba a hacer él era meterla en su coche alquilado, que iba a librarse de ella tal y como le habían exigido sus padres.

Pero en vez de ello, lo que hizo Amado fue abrir la puerta del acompañante de un bonito Mercedes que estaba aparcado a la sombra.

Susannah entró y se sentó en el asiento del copiloto. Se preguntó si no iba a arrepentirse de aquello… y si él no se iba a arrepentir a su vez de no haberla echado de allí.

–Debes tener una muy buena relación con tus padres para todavía seguir viviendo con ellos.

–Ellos no viven aquí. Construyeron una casa moderna cerca de las bodegas. Pero siempre están de visita. Creo que se preocupan por mí. Siempre están diciéndome que quieren que encuentre a una chica agradable y que siente la cabeza.

La pícara sonrisa que esbozó Amado dejó claro que no tenía ninguna intención de obedecer los deseos de sus padres.

–Tienen razón en estar preocupados –comentó Susannah–. Parece que tú buscas meterte en problemas.

–Estás equivocada. Los problemas son los que me han buscado a mí –respondió él, mirándola con los párpados caídos.

A ella le temblaron las piernas. Pensó que estaba metida en problemas. Por lo menos lo iba a estar si no encontraba una manera agradable de rechazar la descarada invitación de Amado de que pasara la noche en su cama y aun así conseguir una muestra de ADN.

Parecía que él estaba intrigado ante la idea de realizar negocios con Hardcastle Enterprises. Pensó que tal vez podía utilizar aquello para convencerlo de que accediera a su petición.

Se echó para atrás en el asiento del acompañante. Entonces carraspeó.

–¿Cuántas cajas de vino producís al año?

Amado se rió entre dientes.

–¿Cambiando de asunto? Supongo que después de todo no necesitas tanto mi ADN –comentó, esbozando una sensual sonrisa–. Estoy muy decepcionado.

Susannah deseó poder ser un poco coqueta y graciosa como su mejor amiga, Suki. Pero claro, ser hija de unos devotos misioneros no la había preparado para aquello.

Las grandes manos de Amado reposaron en el volante.

–El año pasado producimos casi cuatro mil cajas.

Y este año serán más ya que cientos de viñedos nuevos están comenzando a ser muy productivos.

–Estáis creciendo rápido.

–Tenemos que hacerlo si queremos tener importancia.

–¿Estáis tratando de exportar vino al extranjero? –quiso saber ella.

–Desde luego. A mí personalmente me gustaría entrar en el mercado norteamericano –comentó él con la sinceridad reflejada en la cara.

–Si vuestros otros vinos son tan buenos como el que he probado, no creo que tengáis problemas para aseguraros la distribución.

–Todavía somos una empresa pequeña, por lo que deberá ser la distribución adecuada. Debemos encontrar salidas de mercado en las cuales nuestros vinos lleguen a la gente adecuada.

–Donde sean apreciados.

–Exactamente.

Aparentemente Amado condujo por aquella carretera como por instinto.

–Creo que Hardcastle Enterprises podría ayudaros mucho –dijo Susannah–. Además de nuestros restaurantes, ofrecemos un servicio de selección de vinos para nuestros clientes. Mantenemos sus bodegas llenas con los mejores vinos que se hayan producido en el año.

El interés de él se reflejó en sus bellas facciones. Cuando llegaron al aparcamiento que había detrás del edificio donde se encontraban las bodegas, aparcó el vehículo.

–Tengo ganas de enseñarte nuestras bodegas. Estoy seguro de que disfrutarás de nuestros vinos.

Ella contuvo la triunfal sonrisa que sintió ganas de esbozar. Pensó que finalmente estaba ejerciendo una leve influencia en aquel hombre y que tal vez, si jugaba bien sus cartas, podría obtener el ADN que necesitaba.

Susannah se sentó a una amplia mesa con una hilera de vasos delante de ella. Al otro lado de la mesa, Amado olió el aroma de un vino tinto antes de darle un trago.

En la sala de catas hacía calor, por lo que Susannah se quitó la chaqueta. Se sintió muy alegre. Pudo echarle la culpa al vino aunque, en realidad, como experta catadora, sabía muy bien cómo saborearlo con pequeños sorbos que no podían emborracharla.

O por lo menos siempre había pensado que así era.

Amado sirvió Chardonnay en un vaso. El ligero líquido brilló al reflejarse en él la luz del sol del atardecer que se coló a través de los grandes ventanales que allí había.

Ella primero olió el vino y después lo saboreó. El sabor de éste provocó un leve cosquilleo en su lengua y le acarició la garganta con su delicada calidez.

Como Amado, los vinos parecían ponerse más deliciosos a cada minuto que pasaba.

–Tierra de Oro… ¿hay verdaderamente oro en estas tierras? –preguntó, dejando el vaso sobre la mesa.

–Creo que no. Y si lo hubo, hace mucho tiempo que ya no hay. El único oro que hay en Tierra de Oro es el que se guarda en botellas –contestó él, acariciando un vaso de vino con los dedos.

A Susannah le dio un vuelco el estómago.

–A mí me gusta mucho más esta clase de oro que el metal.

–Cuesta menos, pero da más placer –comentó Amado, sonriendo.

Ella se preguntó por qué tenía que ser tan guapo aquel hombre.

Le embelesó la manera en la que él trató al vino... como si fuera un líquido sagrado. Manejó las botellas con mucho cuidado... de manera firme pero delicada a la vez. La misma manera en la que la trataría a ella si le quitara el vestido y le besara los pechos...

Se sentó muy erguida en la silla al sentir cómo una ola de calor le invadió el cuerpo.

–Se está haciendo tarde –comentó–. Será mejor que me marche a un hotel.

Amado frunció el ceño.

–¿A qué hotel?

–A cualquiera –respondió Susannah. No había reservado una habitación ya que no había sabido si tendría que quedarse por la zona o si podría haber regresado directamente a Nueva York.

Aparentemente iba a tener que quedarse por allí una noche más para convencer a Amado de que le entregara una muestra de ADN. Pero se preguntó qué ocurriría si él volvía a negarse al día siguiente.

–No hay hoteles por aquí –comentó Amado.

Ella gruñó. Aquellos viñedos estaban a más de dos horas de distancia en coche de Mendoza. Si iba a pasar la noche a la ciudad, a la mañana siguiente tendría que regresar a aquel lugar para continuar con su «campaña».

–¿Dónde se hospeda normalmente la gente?

–Aquí –contestó él, parpadeando inocentemente.
–¿En las bodegas?
–En mi casa –aclaró Amado, tomando un Cabernet de tres años. La botella pareció muy delicada en sus grandes manos.

Susannah se imaginó aquellas palmas y largos dedos acariciándole la cintura.

–Yo preferiría quedarme en un hotel.

Amado se encogió de hombros.

–Como ya te he dicho, no hay. Esto es el campo, no un destino turístico –dijo con la picardía reflejada en los ojos–. Y Rosa te preparará una cena deliciosa.

–¿Y qué pasa con tus padres? Lo único que quieren es que me marche.

–No te preocupes por ellos. Tienen su propia casa y yo les he dejado muy claros mis sentimientos. No se entrometerán de nuevo –contestó él–. Mi casa te parecerá muy agradable. Eres la única invitada, así que puedes elegir dormitorio.

Susannah pensó que tal vez, si se quedaba a pasar la noche, Amado le daría lo que quería. Y, en realidad, no tenía otro lugar donde acudir.

–Parece que estoy a tu merced. Lo que quiero decir es que te doy las gracias por tu hospitalidad.

Él se rió. Y ella no pudo evitar sonreír. Si era sincera consigo misma, debía admitir que no le importaba quedarse. No porque tuviera ninguna intención de extraer físicamente ella misma el ADN de Amado, sino porque todo acerca de Tierra de Oro era encantador. Las impresionantes vistas, los deliciosos vinos y las cómodas y bien conservadas edificaciones...

El vino había logrado aflorar en ella algo sensual.

No estuvo ni siquiera segura de si debía conducir...
por no mencionar que ya no le quedaba gasolina.

Y no se podía marchar sin el ADN de Amado.

Susannah puso su maleta en una de las habitaciones de invitados, con lo que se comprometió a pasar la noche en aquel lugar... de una manera u otra.

Tal y como le había prometido Amado, la cena fue maravillosa. Estuvo compuesta por una comida típicamente argentina basada en carne de la zona, verduras frescas y un delicioso vino.

De manera silenciosa, Rosa les sirvió la cena en el comedor principal de la vivienda. En vez de con fotografías familiares, las paredes estaban decoradas con cuadros de vacas pintados al óleo.

–Supongo que a alguien le encantaban las vacas.

–A mi bisabuelo, a mi abuelo y a mi padre –contestó Amado, dando un sorbo a su vino–. Tierra de Oro era conocida por toda Argentina por su ganado.

–¿Todavía las criáis?

–Mi padre sí, pero en este momento se ha convertido en un hobby. No es algo de lo que obtenga un beneficio. Por eso fue por lo que comencé con el negocio del vino.

–¿Tú?

–Sí –respondió él, mirándola de manera socarrona–. ¿Por qué te sorprende?

–Bueno, sólo tienes treinta años –Susannah palideció al percatarse de que había asumido que la investigación había corroborado que Amado era hijo de Tarrant–. ¿No es así?

–Efectivamente. Tengo treinta años. Pero cuando

tenía ocho ya estaba plantando cosas en el campo. Con once años creé un Syrah que tuvo mucho éxito. Mi vecino, Santos, me enseñó muchas cosas. Ahora tiene noventa años y es un verdadero genio de la vinicultura. Él me ayudó a convencer a mi padre para que me dejara plantar uvas en nuestras tierras. Cuando tuve dieciocho años habíamos plantado ya setenta hectáreas de parras –explicó Amado, asintiendo con la cabeza ante el vaso de vino de ella–. Ahora mismo tú estás bebiendo el fruto que han dado.

–Entonces... no les prestaste mucha atención a los dibujos animados de los *Power Rangers,* ¿no es así?

Él sonrió.

–Cuando la televisión se rompió a nadie le importó... salvo a Rosa. Echó de menos sus telenovelas.

–Gracias a Dios que tu padre finalmente entró en razón y trajo la antena parabólica.

Aquella voz argentina provocó que Susannah se diera la vuelta. Vio que Rosa estaba detrás de ella. El ama de llaves tenía una severa expresión reflejada en la cara.

–Ahora se ha hecho adicta a la CNN –comentó Amado, riéndose.

–Alguien tiene que mantener a la familia Álvarez en contacto con el mundo moderno. Si no, lo único que harías sería acariciar uvas y meter las manos por el trasero de las vacas.

A Susannah casi se le derrama el vino del vaso y él echó la cabeza para atrás mientras rió.

Rosa se marchó del comedor llevándose consigo algunos de los platos de la cena.

–Tiene mucho carácter –dijo entonces Susannah, susurrando–. ¿Cuántos años tiene?

—Probablemente tenga más edad que las montañas. Lleva aquí más tiempo que todos nosotros. Tiene muchos nietos y bisnietos. Durante años he tratado de convencerla de que se jubile y que viva su vejez tranquila. Pero ella dice que entonces se moriría.

—¿Qué haces por aquí para divertirte?

—¿Qué podría ser más divertido que analizar el terreno en busca de nitratos? —respondió él—. ¿Qué puedo decir? Me encanta mi trabajo.

—Sé cómo te sientes. A mí también me encanta el mío —se sinceró Susannah, señalando con la mano la deliciosa comida que tenían delante—. Ahora mismo estoy trabajando. Es un trabajo duro, pero bueno, ya sabes…

—Has realizado un largo viaje y lo mínimo que puedo hacer es ofrecerte una agradable cena.

—Te lo agradezco mucho aunque, en realidad, estoy acostumbrada a viajar. Estoy en la carretera el ochenta por ciento del tiempo.

Consternado, Amado se quedó boquiabierto.

—¿Estás fuera de tu casa durante la mayor parte del año?

—Mi casa no es nada especial. Tengo un apartamento de una habitación en una ajetreada zona de Manhattan. Es sólo un lugar donde guardar mis cosas. Estoy más feliz cuando estoy trabajando fuera.

—¿De dónde eres? —quiso saber él—. Me refiero al lugar en el que te criaste.

—Soy de todas partes —contestó ella, forzándose en sonreír—. Nací en un pequeño pueblo en las Islas Filipinas en el que mis padres crearon una escuela de primaria. Cuando tenía dieciocho meses mis padres se mudaron a Burkina Faso para encargarse de una misión en aquel lugar. Cuando tuve tres años nos mudamos a Papua, Nueva Guinea. Cumplí seis años en un pequeño pueblo del sur de la India, pero las cosas no marcharon muy bien allí, por lo que mi séptimo cumpleaños lo celebré en Columbus, Ohio, mientras mis padres hicieron un breve descanso. Tras aquello volvimos a viajar. Honduras, El Salvador, Paraguay, Bolivia, países en los cuales aprendí castellano.

–¿Tus padres eran misioneros? –preguntó Amado.

–Efectivamente –respondió Susannah, la cual estaba acostumbrada a que la gente se burlara de ella por ese mismo motivo.

Sorprendida, se percató de que el supuesto hijo de Tarrant no se estaba mofando de ella, sino que pareció interesado.

–Debió haber sido duro cuando eras una niña. Tener que dejar a tus amigos y el entorno que te era familiar.

–Nunca viví de otra manera, así que supongo que me acostumbré a ello. La especialidad de mis padres era implantar programas y encontrar a las personas adecuadas entre los habitantes de la zona para sacarlos adelante. Entonces nos dirigíamos a otro lugar donde hacían lo mismo. Supongo que aquello me marcó mucho ya que estoy más contenta cuando estoy moviéndome de un sitio a otro.

En ese momento se percató de que Amado la estaba mirando con algo parecido a la pena reflejado en los ojos.

–¿Qué?

Él agitó la cabeza.

–Nada. Supongo que es maravilloso que te guste viajar. Cada uno tiene sus gustos.

—Estás horrorizado, ¿verdad?

—No —contestó Amado, riéndose—. Bueno, está bien, quizá un poco. A mí ni siquiera me gusta marcharme de aquí durante un par de días. Siento como si me hubieran arrancado las raíces del suelo y no puedo esperar para regresar a casa y volver a plantarlas junto a las parras.

Aquello conmovió a Susannah. Se preguntó cómo sería sentir que realmente pertenecía a un lugar concreto.

—¿Estás bien? —le preguntó entonces él, frunciendo el ceño—. ¿Quieres más vino?

—Supongo que estoy un poco cansada —respondió ella, pensando que su cara estaba reflejando demasiadas cosas.

—Desde luego —concedió Amado—. Esta noche estás en Tierra de Oro y yo me voy a encargar de cuidarte muy bien —añadió, levantándose. Le tendió una mano a Susannah para ayudarla a levantarse de la silla. Le rozó la piel al hacerlo—. Ven al salón y encenderemos la chimenea. Todavía hace frío por las noches y el fuego de ésta calienta tanto el alma como el cuerpo.

Susannah parpadeó al percatarse de que aquellas palabras, así como la leve caricia de la mano de él, habían prendido en ella una clase de fuego muy diferente.

Amado la tomó de la mano y la guió hacia el espacioso salón de la vivienda. Le indicó que se sentara en el sofá de cuero que había justo enfrente de la chimenea.

—Ponte cómoda —le dijo, ofreciéndole un chal que sacó de un cajón.

Ella lo rechazó con la cabeza.

–Es pura alpaca, de las montañas. Es tan suave como las nubes que hay en las laderas.

–Bueno, si lo pones así –finalmente aceptó Susannah, permitiendo que él le arropara los hombros con el chal.

Entonces se quitó los zapatos y apoyó los pies en el suelo. Cuando levantó la vista, la chimenea ya estaba encendida.

–¿Cómo has hecho eso? Yo tardo media hora en encender el fuego.

–Utilizo algo que prende muy bien. Los viejos barriles de vino son lo mejor –contestó él.

Sin advertirle, Amado tomó el pie izquierdo de Susannah y comenzó a masajearle la planta.

Ella se quedó boquiabierta y se sintió invadida por unas maravillosas sensaciones.

Pensó que debía protestar. Aquello era demasiado íntimo. Pero no le salieron las palabras.

Con su pie en las manos, él se arrodilló delante de ella. Tenía su oscuro pelo sobre los ojos y Susannah no pudo analizar bien la expresión de su cara. Todo lo que pudo ver fue cómo se movieron los músculos de sus antebrazos mientras la masajeaba.

No pudo evitar emitir una larga exhalación.

–¡Ves! –Amado sonrió al mirarla, pero en ningún momento dejó de masajearle el pie–. Ahora estás comenzando a relajarte.

Entonces le masajeó el empeine y el talón. Ella llevaba unas medias de seda.

–Te cuidas muy bien los pies –comentó, tomando su otro pie–. Los tienes fuertes y sanos.

–No me extraña ya que los someto a mucho ejercicio.

–Mañana iremos a dar un paseo por los viñedos. Puedes quedarte mañana, ¿verdad? –quiso saber él con una repentina preocupación reflejada en los ojos.

–Estaré aquí. No puedo regresar a casa sin una muestra de tu ADN. Me podrían despedir del trabajo.

Amado frunció el ceño y dejó de masajearle el pie.

–¿El tipo que se supone que es mi padre te echará? ¿Qué clase de hombre es?

–Es una persona muy exigente –contestó Susannah, tratando de ignorar la manera en la que él estaba sujetándole el pie entre sus manos–. Espera lo mejor de todos sus empleados.

–Pero no te puede echar por algo que yo he hecho, o mejor dicho, por algo que me he negado a hacer, ¿no es así?

–Claro que puede. Considerará que yo no he cumplido sus órdenes.

Amado pareció pensativo. Pero a continuación agachó la cabeza y continuó realizándole su maravilloso masaje. Ella trató de no retorcerse de placer en el sofá al apretarle él los puntos más sensibles de la planta de su pie. Se sintió muy relajada.

Entonces se echó para atrás sobre los cojines y se permitió dejarse llevar.

Recordó que si pasaba una noche en la cama de Amado, éste le daría una muestra de su ADN.

Sintió cómo un cosquilleo le recorrió el cuerpo ante la perspectiva de sentir aquellas maravillosas manos acariciándole la piel.

Aquel hombre parecía muy honrado e íntegro. Y sensual. Sus miradas se encontraron. Él tenía el deseo reflejado en los ojos… y las chispas saltaron entre ambos.

Entonces, con mucha delicadeza, Amado dejó el pie de Susannah en el suelo antes de levantarse y salir del salón.

Ella se sintió aliviada al alejarse aquel hombre tan intenso y bello de su lado. Recordó que en realidad nunca había hecho el amor. Había tenido relaciones sexuales, pero de ello hacía demasiado tiempo. Siempre estaba muy ocupada, siempre estaba viajando.

Se preguntó a sí misma si había algo malo en tener una aventura con un hombre tan interesante. La gente hacía aquello mismo todo el tiempo. Pensó que quizá ella también debía divertirse un poco… para variar.

Oyó cómo Amado habló con Rosa y cómo ésta se alejó de él un minuto después tras cerrar una puerta tras ella.

Se sintió tensa al oír las pisadas de Amado, pisadas que indicaron que regresaba al salón. A los pocos instantes observó cómo él entró en la sala con dos tazas en las manos.

Pensó en su jefe. El magnate de la venta al por menor tenía una enfermedad terminal y quizá sólo le quedaran unas semanas de vida. Estaba tratando desesperadamente de encontrar a su hijo.

Amado le ofreció una de las tazas y frunció el ceño.

–Tienes una extraña expresión reflejada en la cara.

–¿Yo? –contestó Susannah, riéndose falsamente–. Simplemente estoy fascinada por la chimenea… u otra cosa.

Entonces hizo una pausa y olió el contenido de la taza que él le había entregado.

−¿Café a esta hora de la noche? ¿No nos mantendrá despiertos?

−En ocasiones es conveniente estar despierto por la noche −contestó Amado, esbozando una sonrisa. A continuación se sentó junto a ella en el sofá.

Susannah sintió cómo se le revolucionó el corazón y cómo él la miró mientras ella bebió su café.

−¿Dónde vive ahora tu familia? −preguntó Amado.

−¿Te refieres a mis padres?

−Sí, y a tus hermanos.

−No tengo hermanos. Soy hija única. Mis padres regresaron a las Islas Filipinas. Están desarrollando un proyecto para adolescentes problemáticos.

−Parecen buenas personas.

−Lo son. Yo desearía parecerme más a ellos... o por lo menos siento que debería desearlo. Pero alguien tiene que dedicar su vida a encontrar los mejores vinos del mundo, ¿no crees?

−Cada uno de nosotros tiene su propio camino. Si tratas de seguir el equivocado, empeoras la situación tanto de los demás como la tuya propia −comentó él, poniéndole una tranquilizadora mano en el brazo a ella.

La piel de Susannah ardió bajo la caricia de Amado. Éste estaba tan cerca de su cuerpo que incluso pudo oler su fragancia... fragancia extremadamente sensual y atrayente.

Entonces él comenzó a acariciarle el antebrazo. Ella lo miró a la cara, pero Amado no levantó la vista. Pareció que estaba muy concentrado realizando aquel gesto.

Susannah comenzó a sentir cómo unas extrañas sensaciones se apoderaron de su cuerpo. Cuando él le puso la mano en el muslo le pareció algo muy natural, casi como un beso en la mejilla.

Amado le rozó los pómulos con los labios y ella no supo si se lo había imaginado o si simplemente lo había deseado. Pero a continuación él acercó la boca a la suya y provocó que le ardieran los labios ante la expectativa de lo que iba a ocurrir. Se sintió invadida por una ola de calor.

Amado subió la mano por el muslo de Susannah… por debajo de su vestido. Ella se percató de que estaba echándose sobre él. Como le pareció algo tan natural, se acercó aún más a aquel hombre mientras sintió lo endurecidos que tenía los pezones. Lo abrazó por el cuello.

En ese momento Amado le levantó la falda del vestido hasta casi llegar a su ropa interior y ella emitió un gritito al sentirse invadida por la pasión. Lo miró a la cara y observó que tenía los ojos cerrados y una tranquila expresión reflejada en sus facciones.

Cerró los ojos al posar él la boca sobre la suya. Pudo sentir el calor que emitió el cuerpo de aquel atractivo argentino a través de su ropa. Casi sin pensar le tiró delicadamente de la camisa hasta que se la sacó de los pantalones e introdujo las manos por su musculosa espalda.

Al comenzar Amado a besarla más apasionadamente, sintió cómo el calor se apoderó de su entrepierna y cómo el deseo le recorrió el cuerpo.

Hacía mucho tiempo desde que había besado a otro hombre. Normalmente evitaba las relaciones personales ya que siempre estaba muy ocupada.

Pero aquello era perfecto. Ambos sabían lo que querían e incluso en aquel momento pudo vislumbrar un perfecto final a todo aquello... siempre y cuando él no fuera hijo de Tarrant.

Amado le acarició un pecho y jugueteó con su pezón.

–Ven conmigo –le susurró al oído.

Entonces le tomó la mano y le dio un leve apretón. La expectativa se reflejó en sus ojos marrones.

Con las piernas temblorosas, ella se levantó del sofá. Sintió cómo un cosquilleo le recorrió todo el cuerpo... desde la cabeza a sus relajados pies.

Él la guió por la casa de la mano, como un perfecto caballero... salvo por el hecho de que estaba haciendo algo que un perfecto caballero nunca haría... seducir a una casi completa desconocida.

Capítulo Tres

Amado guió a Susannah entre muebles antiguos y preciosas alfombras. Estaba claro que aquella casa había sido muy bien cuidada desde hacía muchas generaciones.

Al observar la escalera de madera que llevaba a la planta de arriba, ambos esbozaron una cautelosa sonrisa.

Bueno, la de ella fue cautelosa. La de él fue alentadora.

Entonces llegaron al dormitorio de Amado, donde había una gran cama de matrimonio. Él le puso una mano en la cadera y la besó con una exquisita dulzura. Se tomó su tiempo para saborearla.

Susannah le acarició el torso por encima de la camisa. Aquel hombre tenía un cuerpo atlético y musculoso, pero sus movimientos eran delicados, casi insoportablemente delicados. Sintió cómo le chupó los labios, cómo restregó la boca contra éstos y cómo apretó la mejilla delicadamente contra la suya.

La bronceada piel de Amado no era precisamente suave, pero tampoco era áspera. Todo acerca de él le pareció apetecible, como un buen vino.

–Permíteme que te haga sentir en casa en mi cama –pidió Amado, separándose levemente de ella.

Los oscuros ojos de él reflejaron un profundo deseo, deseo que también sintió Susannah.

En ese momento Amado comenzó a acariciarle con los antebrazos los lados de los pechos y provocó que un torbellino de sensaciones se apoderara de ella. Entonces le bajó la cremallera del vestido.

Tras hacerlo le bajó el vestido por los hombros y pudo ver su sujetador. Le acarició los pechos por encima de éste. Susannah no pudo evitar estremecerse de placer y le desabotonó la camisa.

El pecho de él era muy musculoso. Tenía una hilera de vello que bajaba desde su ombligo hasta la cinturilla de sus pantalones. Llevaba puesto un cinturón de cuero y ella trató de desabrochárselo mientras Amado le dio unos apasionados besos en el cuello.

Sintió la erección de él por debajo de la hebilla del cinturón y disfrutó de una traviesa sensación de satisfacción ante aquella prueba que demostraba que Amado estaba tan excitado como ella.

Finalmente logró desabrocharle el cinturón y le bajó la cremallera de los pantalones. Entonces, con los dedos temblorosos, le bajó éstos por sus musculosos muslos.

Él le bajó a su vez a ella el vestido y le apretó el trasero. Tenía los ojos cerrados y los labios levemente entreabiertos. Su boca era grande, sensual, y tenía unos pómulos prominentes.

A Susannah normalmente le intimidaban los hombres muy guapos ya que no le gustaba tener que aguantar el enorme ego que normalmente tenían.

Pero las elegantes facciones de Amado parecían ser una extensión natural de todo lo que admiraba en él; su pasión y dedicación, su merecido éxito.

En ese momento Amado le desabrochó el sujetador y se lo quitó. Lo dejó sobre la silla en la que también había puesto su vestido.

Entonces bajó la cabeza y le chupó el pezón izquierdo, ante lo que ella emitió un grito ahogado. En aquel mismo momento él introdujo los dedos por debajo de sus braguitas y Susannah pudo sentir lo húmeda que se puso.

Aquel hombre estaba muy excitado y le quitó las braguitas, las cuales dejó sobre la misma silla en la que había colocado el resto de su ropa. Entonces se quitó los calzoncillos y se colocó de pie frente a ella. Se quedaron mirando el uno al otro, ambos desnudos y muy excitados.

La masculinidad y la fuerza que reflejó el cuerpo de aquel hombre atrajeron a Susannah de una manera que ni siquiera pudo expresar.

Pero se dijo a sí misma que no tenía por qué analizar ni comprender todo.

–Tú ves el mundo de manera distinta a como lo hace otra gente –le dijo Amado al oído.

–¿Cómo? –preguntó ella, parpadeando. Sintió como si él pudiera leerle los pensamientos.

–No ves sólo la superficie de las cosas, sino que también ves el interior.

–Yo no estoy tan segura. No puedo ver dentro de ti.

–Sí que puedes hacerlo –contestó él, mirándola fijamente a los ojos. Entonces volvió a besarla.

Sin apartar su boca de la de ella la tomó en brazos y la colocó sobre el edredón que había en la cama. A continuación se colocó sobre su cuerpo.

–Bienvenida a casa –dijo, besándole el cuello.

A Susannah se le pusieron los ojos como platos al

sentir cómo una poderosa y profunda sensación se apoderó de su cuerpo.

Bienvenida a casa. Pensó que el hecho de que le hubiera dicho aquello era muy extraño, pero en realidad no tenía por qué preocuparse. Probablemente era lo que siempre les decía a las turistas.

–Estás pensando en tantas cosas –susurró Amado–. Pero en ocasiones simplemente tienes que serlo.

–¿Que ser qué?

–Tú.

–¿Y quién es ésa? –preguntó ella.

Él le besó la oreja y Susannah se sintió invadida por la pasión.

–Simplemente tú –contestó Amado–. Tu boca –añadió, chupándole los labios–. Tu cuello, tu pecho, tu estómago…

Entonces le mordisqueó el cuello, le chupó los pechos y con la lengua jugueteó con su ombligo.

Ella casi gritó debido a las intensas sensaciones que todo aquello provocó en su cuerpo.

Pensó que quizá Suki tenía razón acerca de los hombres argentinos. Nunca antes había experimentado nada igual.

–Deja de pensar –ordenó él.

En ese momento Susannah separó las piernas y bajó la cabeza de Amado hacia su sexo. Él la chupó y la besó hasta que ella levantó las caderas y emitió un profundo gemido.

–Simplemente déjate llevar –dijo Amado.

Medio perturbada debido a la excitación que sintió, Susannah se retorció y disfrutó al sentir la caliente y hambrienta boca de aquel hombre sobre su carne. Unos fuertes espasmos se apoderaron de su cuerpo. Gimió una y otra vez mientras él continuó lamiéndole para que obtuviera el mayor placer posible.

Entonces se oyeron unos aullidos.

—¿Qué es eso? —preguntó.

—Los perros —contestó Amado, sonriendo—. Quieren saber qué está ocurriendo.

Ella se llevó una mano a la boca.

—¿He hecho tanto ruido?

—Sí —respondió él, acariciándole el cuello—. Pero no empieces a pensar ahora.

—No sé... yo nunca... —Susannah frunció el ceño.

—¿Nunca habías tenido un orgasmo?

—¿Es eso lo que me ha ocurrido?

—Seguro. Te hace sentir bien, ¿verdad?

Ella asintió con la cabeza.

Amado le besó la tripa, la cual se contrajo levemente ante el contacto con sus labios.

—Eres muy sensible —comentó, levantando la mirada—. Muy receptiva.

En ese momento él se apartó de ella. Susannah pudo oír cómo rasgó algo. Entonces Amado se dio la vuelta y se puso un preservativo en su impresionante erección. Ella parpadeó.

Le impresionó el hecho de que para él todo aquello pareciera tan normal.

Al observar cómo se tumbaba sobre su cuerpo, sintió cómo un cosquilleo le recorrió la piel. Amado volvió a acariciarle el cuello y le susurró algo al oído.

—Tú sientes más que otras personas, por eso es por lo que piensas tanto. Pero simplemente sentir está bien.

Susannah tragó saliva. Trató de comprender lo

que le había dicho aquel hombre, pero su cuerpo estaba completamente centrado en él... el cual la penetró con un certero movimiento.

Estaba tan excitada que no pudo evitar volver a tener un orgasmo. Se estremeció intensamente mientras oyó los sonidos que estaba emitiendo... pero no pudo hacer nada al respecto, así como tampoco pudo evitar acariciar el poderoso pecho de él y acercarlo aún más a su cuerpo.

–¡Oh, Amado! –exclamó al comenzar a hacerle el amor éste con mucha intensidad.

La llevó a alcanzar el éxtasis de la pasión en varias ocasiones más.

Él gritó de placer cuando alcanzó su propio clímax y su cara reflejó el intenso éxtasis que sintió. Abrazó a Susannah con tanta fuerza que ésta apenas pudo respirar.

–Amor –dijo entonces Amado.

Ella parpadeó y se dijo a sí misma que seguramente aquello era algo que se decía en Argentina, algo que no significaba nada. Sintió cómo él apoyó la cabeza en su pecho.

Se preguntó qué demonios le había ocurrido. Le impactó mucho el hecho de haber gritado tanto como para alterar a los perros. Se ruborizó.

Como si hubieran escuchado sus pensamientos, las mascotas de Amado comenzaron a ladrar con mucho entusiasmo.

–¿Estás bien? –le preguntó entonces a él.

–No –contestó Amado–. Estoy mucho, mucho, mucho mejor que bien. ¿Y tú?

Susannah se percató de que pareció que hablar suponía un esfuerzo para él. Se dijo a sí misma que debía estar agotado debido a la manera tan intensa en la que le había hecho el amor.

–Eres una mujer muy interesante, Susannah Clarke.

Ella no supo si aquel desenfreno sexual del que había disfrutado era una buena cosa o no. Pero por lo menos su secreto estaba seguro con Amado. Tierra de Oro estaba muy lejos de Nueva York y estuvo segura de que nadie más le haría perder la cabeza de aquella manera.

Gracias a Dios.

Finalmente la respiración de él se tranquilizó, así como sus músculos se relajaron. Atrajo a Susannah hacia sí y suspiró.

Entonces ella se percató de que se había quedado dormido… con la cabeza apoyada en sus pechos.

Se dio cuenta de que pedirle una muestra de ADN en aquel momento sería más duro que nunca.

Capítulo Cuatro

Poco antes del amanecer Susannah se levantó de la cama de Amado y se dirigió a su propia habitación. Necesitaba tranquilizarse y recuperar su comportamiento profesional... o lo que quedara de ello... antes de volver a ver al hombre con el que había hecho el amor hacía tan sólo unas horas.

Al llegar la mañana se vistió con un sencillo vestido negro y se arregló el pelo en un moño. Se percató de que tenía los labios enrojecidos de haber besado a Amado y trató de camuflar sus enrojecidas mejillas con polvos de maquillaje.

Aunque no pudo hacer nada para disimular el brillo que reflejaban sus ojos.

Cuando oyó cómo Rosa llegó en coche y cómo comenzó el ruido en la cocina, respiró profundamente y bajó a la planta de abajo. Estaba decidida a actuar como si no hubiera ocurrido nada. Se sentó frente a la chimenea, la cual no estaba encendida.

Cuando el desayuno estuvo preparado, Rosa gritó para que Amado bajara. Susannah se levantó del sofá y aguantó la respiración al oír cómo se abrió la puerta del dormitorio de él.

Entonces apareció Amado, adormilado y despeinado, en lo alto de las escaleras. Se detuvo al verla. Susannah tragó saliva al sentir cómo la miró fijamente y al observar cómo sonrió. A continuación él bajó las escaleras descalzo.

–Buenos días –susurró.

Los ojos de Amado reflejaron el mismo aturdimiento que habían reflejado los de ella aquella misma mañana al mirarse en el espejo.

La camisa azul clara de él estaba desabrochada y dejaba ver una parte de su tentador torso.

–Ho… hola –dijo ella, tartamudeando. Entonces fijó su mirada en la puerta del comedor, parpadeó, y trató de dirigirse en aquella dirección.

Al llegar al comedor, Amado separó una silla para que se sentara.

–Siéntate y come.

Ella miró a Rosa, cuya imperturbable cara estaba particularmente inexpresiva.

Se preguntó si Amado siempre desayunaba medio desnudo… o si sólo lo hacía cuando se había acostado con alguna invitada la noche anterior.

Se sentó en la silla indicada y se colocó una servilleta en el regazo. Se dijo a sí misma que no tenía nada de lo que avergonzarse. Ambos eran adultos y ella…

Pero la abrasadora mirada de Rosa provocó que se sintiera muy mal.

Amado ni siquiera se molestó en tratar de mantener una educada conversación, sino que simplemente disfrutó de una manera relajada del desayuno que su ama de llaves les había preparado.

Susannah deseó poder concentrarse en su cremoso café con leche y en los deliciosos bollitos con mermelada casera, pero le fue muy difícil con aquel hombre sentado al otro lado de la mesa.

Él estaba mirándola fijamente y en varias ocasiones sus miradas se encontraron.

Ella sintió que se le iba a salir el corazón del pecho debido a lo revolucionado que lo tenía. Pensó que debía salir de allí lo antes posible ya que Amado tenía un peligroso e insano efecto sobre su libido.

Recordó que estaba allí para realizar un trabajo y que todas aquellas horas se las iban a pagar. Lo mejor sería que comenzara a ganarse el salario… si quería conservarlo.

Comprobó que Rosa no pudiera oírla.

–Me darás la muestra de ADN, ¿verdad? –le preguntó a Amado, echándose hacia delante.

La expresión de la cara de él se endureció. La sonrisa se borró de sus labios y dejó de reflejarse en sus ojos.

–Sí –contestó, levantándose de la silla. Entonces se marchó del comedor.

Susannah se quedó mirándolo en silencio y se forzó en esbozar una sonrisa al entrar de nuevo la adusta Rosa en la sala. Ésta le ofreció más café.

–No, gracias.

Se sintió muy culpable al estar allí comiendo y bebiendo ya que no supo qué ocurriría si Tarrant tenía razón y Amado resultaba ser el hijo ilegítimo que buscaba.

Amado se abotonó la camisa y se peinó el pelo para atrás. Se sintió invadido por una extraña sensación.

Susannah Clarke estaba allí para poner en duda la reputación de su madre. La idea de que Clara hubiera tenido una aventura era absurda, por lo que no tenía miedo de los resultados de las pruebas. Pero aun así, su buen ánimo le había abandonado.

Pensó que Susannah se había acostado con él simplemente por razones prácticas. No comprendió por qué le molestó aquello. Él mismo se había acostado con ella por sus propias razones, razones que en realidad eran mucho menos complicadas.

Pensó que nunca antes había conocido a una mujer como ella. Tan fría y tranquila por fuera y tan apasionada y desenfrenada en la cama. Era fascinante.

Aquella misma mañana Susannah le había recibido con una remilgada sonrisa... con lo que le había recordado que lo ocurrido la noche anterior simplemente había supuesto para ella una parte de un acuerdo de negocios.

Al abrocharse el cinturón se sintió muy irritado. Pero se recordó a sí mismo que él era un hombre de palabra y que había realizado una promesa.

Oyó cómo Susannah anduvo por la habitación de invitados y entró en ésta sin llamar a la puerta.

–Mi cuerpo es tuyo para que hagas con él lo que quieras.

A ella se le cayó de las manos lo que fuera que estaba metiendo en su maleta y levantó la vista. Pareció nerviosa y muy delicada vestida con aquel largo vestido negro.

–¿Te he asustado?

Susannah parpadeó y tragó saliva.

–Simplemente estoy haciendo la maleta.

–Eso ya lo veo. ¿Cuál es el plan? ¿Me extraen los malditos fluidos y te vas con ellos de regreso a Nueva York? –quiso saber él, frunciendo el ceño–. ¿O ya has tomado lo que querías?

–¡No! –respondió ella–. No he tomado nada –añadió, ruborizándose–. En Mendoza hay un laboratorio que puede realizar la prueba. Sería mejor si me acompañas allí para que ellos mismos puedan tomar la muestra. De esa manera hay menos riesgo de contaminación y estarás más seguro de que nadie altera las pruebas...

–Así que quieres que te acompañe a Mendoza, ¿no es así?

–Bueno, había supuesto que tú necesitarías llevar tu propio coche...

–Para que no tengas que traerme después a casa –terminó Amado por ella–. Piensas en todos los detalles.

–En realidad... –a Susannah le temblaron las manos al cerrar la maleta– me quedé sin gasolina cuando vine hasta aquí, por lo que me temo que necesitaré llenar el depósito antes de ir a ningún sitio.

Él se cruzó de brazos.

–Parece que una vez más estás a mi merced. Tienes suerte de que yo sea un caballero –comentó, esbozando una pícara sonrisa–. Por lo menos cierta parte del tiempo.

Susannah separó los labios y pareció que quiso protestar. Pensó que aquel hombre no debía jugar con ella de aquella manera.

Pero en aquel momento ambos sabían que ella tenía un lado salvaje... algo que intrigó muchísimo a Amado.

Como a él no le apeteció viajar en el diminuto coche de alquiler de ella, tomaron su Mercedes sedán y lo arreglaron todo para que alguien del personal de la casa llevara el vehículo de ella al pueblo.

Durante el trayecto hasta Mendoza mantuvieron

una amena conversación acerca de la zona, de la historia de ésta y de la familia de Amado. Éste tuvo la impresión de que ella tampoco creía que fuera hijo de aquel tal Hardcastle.

–¿Se molestará tu jefe cuando le lleves unos resultados que no son los que esperaba?

–No veo por qué debería molestarle. Sinceramente te digo que no sé nada de cómo están encontrando a la gente ni lo que quieren. Lo que sí sé es que se está muriendo.

–¿De qué?

–De cáncer de próstata. No le importará que te lo diga. Tanto su esposa como él han animado a la gente a que se haga pruebas para recibir tratamiento cuanto antes en caso necesario. Tarrant dice que él ignoró los síntomas durante demasiado tiempo ya que pensó que era invencible.

Amado frunció el ceño. La enfermedad provocó que aquel extranjero extraño para él le pareciera más real.

–¿Está sufriendo?

–Supongo que sí. Nadie quiere morir –contestó Susannah, mirando por la ventanilla del coche. Observó los Andes en la distancia–. Según lo que he oído, esta búsqueda para encontrar a sus hijos perdidos le está manteniendo con vida. Se ha convertido en una pasión para él.

–¿Pero por qué quiere encontrarlos?

–Creo que quiere enfrentarse a los errores que cometió en el pasado. Quiere compensarlos antes de morir.

–Así que él piensa que yo soy uno de sus errores del pasado –comentó Amado sin poder evitar reírse.

–Viéndolo desde esa perspectiva parece muy grosero. Tarrant es muy rico. Supongo que desea dejarles a sus hijos parte de su inmensa fortuna.

Amado pensó que quince años antes, quizá incluso cinco, el dinero tal vez hubiera sido bienvenido para levantar su hacienda y dotarla de métodos modernos de producción. La construcción de las nuevas bodegas había implicado obtener cuantiosos créditos.

Pero en aquel momento los viñedos eran muy prósperos y el último de los créditos había sido pagado hacía tres años. Incluso estaban obteniendo bastantes ganancias.

–No quiero su dinero ni el de nadie. A no ser que compren mi vino, claro está.

Durante el resto del trayecto no hablaron de Tarrant Hardcastle. Susannah pareció cautivada por la belleza del paisaje. Una vez llegaron a la ciudad, le maravilló ver la cantidad de árboles y fuentes que en ésta había.

El laboratorio estaba en una calle bastante tranquila. Cuando Amado aparcó el vehículo, se percató de que ella estaba nerviosa. Pero en realidad para Susannah todo aquello sólo era un asunto profesional. Fuera cual fuera el resultado, había cumplido con su deber y se podría marchar.

Con una mezcla de irritación y deseo, sintió cómo la tensión se apoderó de sus músculos. Le enfureció el hecho de que ella fuera capaz de pasar la noche con él para después simplemente marcharse.

Cuando entraron en el laboratorio, Susannah habló en voz baja con la persona que había tras el mostrador. Amado la observó desde detrás y no pudo evitar desear desabrocharle el vestido para exponer su delicada piel y besarle la cintura…

Se pasó una mano por el pelo. Pensó que no tenía sentido alterarse sexualmente ya que no estaba allí para donar esperma.

–Vengan por aquí –les indicó entonces una enfermera.

Todo aquello le puso a Amado los pelos de punta. Se preguntó a sí mismo quién sabía qué iban a hacer con su información biológica…

–Siéntese aquí, señor –le ordenó la enfermera.

Él se sentó y separó los labios. La enfermera le introdujo un bastoncillo de algodón en la boca y restregó éste contra el interior de su mejilla.

–Ya está.

–¿Eso es todo? –preguntó Amado. Sintió cómo la adrenalina le recorrió el cuerpo.

Le pareció increíble que aquello fuera todo lo que se requería para cambiar una vida, incluso para arruinarla.

Pero sabía qué dirían los resultados, por lo que en realidad no tenía motivo para preocuparse.

Miró a Susannah en el momento en el que la enfermera salió de la sala con la muestra.

–Vamos a comer –sugirió sin quitarle la vista de encima a su acompañante.

–Yo debería dirigirme al aeropuerto. Tengo que regresar a Nueva York.

Amado pensó de nuevo que a ella le resultaba muy fácil marcharse. Obviamente abandonar situaciones era parte de su manera de actuar en la vida. Pero él no estaba preparado para que se marchara.

–No te puedes marchar hasta que no tengamos los resultados.

–¿Por qué no?

–Porque quizá yo pague a los laboratorios para obtener los resultados que quiero –contestó Amado, frunciendo el ceño.

–No podrías hacerlo. Tienen una reputación excelente.

–Todo hombre, o mujer, tiene su precio –comentó él, mirando de manera elocuente hacia la puerta.

En aquel preciso momento la rubia enfermera que les había atendido entró de nuevo en la sala.

–Tendremos los resultados en cinco días.

–¿Cinco días? –Amado se levantó de la silla, la cual casi tiró al suelo.

–Es el periodo mínimo de tiempo que tardamos en obtener unos resultados precisos –contestó la enfermera–. Cuando obtengamos los resultados les telefonearemos para informarles.

Amado miró a Susannah. Ésta iba a regresar a su vida ordinaria e iba a dejar que se enfrentara solo a los resultados de aquella prueba. Sintió cómo el resentimiento y el deseo se apoderaron de su pecho.

–¿A qué hora sale tu avión?

–Tomaré el primer avión que salga para Santiago, Chile. Mi vuelo hacia Nueva York sale desde allí esta noche –respondió ella, siguiendo a la enfermera hacia la sala de espera.

–¿Has tenido tu billete reservado durante todo el tiempo? Debías haber estado muy segura de obtener la muestra de ADN.

–Tenía esperanzas –comentó Susannah, evitando su mirada. A continuación le dio las gracias a la recepcionista y pagó la factura con una tarjeta de crédito.

***

El pánico se apoderó de Susannah al aparcar Amado su coche en el aparcamiento del aeropuerto.

Cuando se bajaron del vehículo, él tomó la maleta de ella del maletero.

—¿Regresarás cuando el nuevo Malbec esté preparado? —le preguntó, mirándola a los ojos.

—Me encantaría, pero me temo que depende de mi agenda de trabajo. Durante los próximos meses voy a tener que viajar a Europa y Sudáfrica.

Se forzó en parecer muy seria. Habló de la producción que se esperaba en Tierra de Oro y de los posibles pedidos de Hardcastle Enterprises. Claro que, en realidad, no sabía si nada de aquello se materializaría. Pensó que el número de pedidos dependería del resultado de la prueba de ADN.

Los oscuros ojos de Amado todavía tenían el brillo del deseo reflejado en ellos y no le cupo la menor duda de que los suyos también lo tenían.

El deseo no era algo que se pudiera controlar. Lo que las personas podían hacer era no actuar en consecuencia, pero nadie podía hacerlo desaparecer.

Y si alguien se dejaba llevar por el deseo, podía acabar como Tarrant Hardcastle... con una tropa de hijos no deseados y toda una vida llena de complicaciones.

Las dudas que sintió provocaron que se pusiera aún más tensa. Tuvo la extraña sensación de que nunca iba a olvidar la noche que había pasado con aquel hombre. Se preguntó cómo se iba a sentir cuando se acostara sola y atormentada por los recuerdos de una intimidad y pasión que jamás podría haberse imaginado...

En la recepción del laboratorio, Amado tomó la

cara de Susannah entre sus manos y le dio un beso en la boca. Ella se sintió muy excitada al sentir cómo las lenguas de ambos bailaron juntas.

Pareció que él le estaba diciendo con aquel beso que no pensara que se iba a escapar tan fácilmente.

Cuando Amado se apartó de su boca, Susannah sintió cómo ésta le tembló. Le dio un vuelco el estómago.

El triunfo se reflejó en los ojos de él.

—¿Me telefonearás con los resultados? —quiso saber, frunciendo el ceño.

Ella sintió cómo un frío escalofrío le recorrió la espina dorsal.

—Supongo que lo hará alguien de la oficina de Tarrant. Normalmente yo no tengo nada que ver con sus asuntos privados. Simplemente estoy aquí como enviada.

—Una enviada portadora de unas noticias angustiantes. Eres valiente.

—O simplemente estoy desesperada por mantener mi trabajo —sugirió Susannah frívolamente—. No le puedes decir que no a Tarrant Hardcastle. Pero dudo que me informen de los resultados.

Amado frunció aún más el ceño.

—Yo te los diré.

La tranquilidad de saber que iban a mantener un contacto futuro provocó que ella sintiera cómo la alegría le invadió el corazón. La idea de simplemente marcharse de allí y no volver a ver a aquel hombre nunca más era simplemente demasiado horrible como para contemplarla.

Estuvo segura de que Amado la telefonearía para reírse y bromear si el resultado era el que él esperaba.

Pero no supo qué ocurriría si era el contrario.

Fingió dejar caer su billete al darse la vuelta él y comenzar a alejarse. No pudo evitar girarse para mirarlo por última vez.

Se mordisqueó una uña y deseó con todas sus fuerzas que Tarrant estuviera equivocado ya que la conexión de Amado con aquella tierra y con su familia era demasiado fuerte como para ser cuestionada.

A Susannah le dio un vuelco el corazón al subir por las escaleras de El Cubano, un bar de la Quinta Avenida de Manhattan. Había pasado una semana desde que había regresado de Argentina y Tarrant Hardcastle la había llamado personalmente para invitarla a que acudiera a su bar para darle las gracias por haber obtenido la muestra de ADN de Amado.

Ella no sabía cuáles eran los resultados de la prueba ni si su jefe le preguntaría si el viaje había sido una pérdida de tiempo.

Le entregó su abrigo a la impresionante chica del ropero y siguió al maître, el cual le indicó por dónde tenía que ir.

Cuando llegaron al fondo de la sala vio los impresionantes respaldos de unas sillas que había frente a una ventana. Desde ésta se disfrutaba de unas espectaculares vistas de la Quinta Avenida.

–Señor Hardcastle, su invitada ha llegado.

Susannah respiró profundamente al observar cómo su jefe se levantó y la saludó.

Tarrant tenía un aspecto inquietantemente juvenil para tener sesenta y siete años. Todo lo relacionado con aquel hombre era perturbador.

Trató de no estremecerse ni caer al suelo al darle él dos besos en las mejillas… un gesto extravagante por parte de su jefe ya que ella apenas lo conocía.

–Gracias, querida –ofreció Tarrant con el brillo reflejado en sus ojos azules verdosos–. Gracias por encontrar a mi hijo.

Susannah se quedó boquiabierta y sintió cómo le dio un vuelco el estómago.

–¿Amado es hijo suyo? –preguntó.

–Con una certeza del noventa y nueve coma nueve de posibilidades. No hay nada más definitivo que eso –contestó Tarrant, indicando la silla de cuero que había junto a la suya–. Siéntate.

Susannah prácticamente cayó sobre la silla.

–Háblame de él, querida. Mi hijo… ¿cómo es? –quiso saber, esbozando una leve sonrisa al volver a sentarse.

A ella le impresionó pensar que finalmente Amado no era hijo de Ignacio Álvarez. La mujer de éste había tenido una aventura.

La realidad de la situación le heló la sangre. Se preguntó cómo habrían reaccionado tanto Amado como sus padres ante la noticia. Él no la había telefoneado para informarle del resultado de la prueba, tal y como había prometido.

–Es agradable –contestó–. Muy inteligente.

Tarrant agitó una mano impacientemente.

–¿Se parece a mí?

Susannah frunció el ceño.

–Ambos tienen las facciones muy marcadas. Creo que se parecen en la nariz y en los pómulos. Pero él tiene los ojos y el pelo oscuro.

–Como mi hijo Dominic –comentó Tarrant, sonriendo–. Cuando era más joven jamás pude resistirme ante el atractivo de una belleza morena.

Susannah se forzó en no echarse para atrás. La fija mirada de su jefe le hizo sentirse muy consciente de su propio pelo y ojos oscuros.

Le costó mucho imaginarse a Clara Álvarez siendo una joven bella. Entonces recordó que ésta tenía los ojos azules como Tarrant.

–Su madre era impresionante. Tenía un fuego por dentro que… –Tarrant resopló y agitó la cabeza.

–Clara también está bien.

–¿Clara? –preguntó el señor Hardcastle, dando un sorbo a su bebida a continuación–. ¿Quién es ésa?

–La madre de Amado.

–La madre de Amado está muerta –contestó Tarrant.

Susannah sintió cómo un escalofrío le recorrió el cuerpo.

–Pero yo la conocí.

–Lo dudo. Yo incluso fui para reconocer el cadáver.

–Amado la llamaba «mamá» –comentó Susannah, tragando saliva con fuerza.

–No sé quién demonios es Clara, pero su verdadera madre era Marisa Álvarez. Murió al dar a luz a su hijo. Una tragedia. Toda aquella situación fue una pesadilla.

Susannah parpadeó, incapaz de comprender. Le impresionó el hecho de que Amado no fuera en realidad hijo de ninguno de los que siempre había creído que eran sus padres.

–Mi hijo desafortunadamente no contesta mis llamadas.

–¿Cómo se enteró él de la noticia?

–Mi hija, Fiona, logró mantenerlo al teléfono durante el suficiente tiempo como para informarle de ello, pero tras oír la noticia él colgó. Ella no es muy sutil, pero yo había esperado que los lazos de sangre...

Tarrant hizo una pausa y respiró profundamente.

–Estoy muy impresionado ante el hecho de que lograras que te entregara una muestra de ADN –comentó, frunciendo el ceño–. Eres muy callada, pero yo puedo ver que escondes mucho potencial en tu interior.

Ella se sintió muy culpable.

–Así que necesito que regreses a Argentina y que traigas a mi hijo a casa.

Susannah se sintió muy impresionada.

–¿Quiere que traiga a Amado a Nueva York?

–Necesito conocerlo, enseñarle el negocio y darle la bienvenida a su lugar en él.

La adrenalina se apoderó del cuerpo de ella ante la perspectiva de volver a ver a Amado. Comprendió que Tarrant quería que Amado formara parte de su negocio tal y como lo formaba ya su otro recién encontrado hijo, Dominic.

–Él no dejará Tierra de Oro –comentó–. Su hacienda lo es todo para él, es su vida y su trabajo. Ama tanto aquello como...

Quiso decir «como un padre quiere a su hijo», pero se mordió la lengua.

–Tráelo aquí sólo durante el tiempo suficiente para que conozca a este viejo antes de que me muera –pidió Tarrant, frunciendo el ceño.

Ella parpadeó. Pensó que estaba claro que su jefe

tenía mucha confianza en que en cuanto tuviera a Amado al alcance podría convencerle de lo que fuera.

–No sé si vendrá. Fue duro lograr que entregara una muestra de ADN –comentó.

–Sé que puedes hacerlo. Mi asistente personal te ha reservado un billete de avión hacia Santiago para esta tarde. Estarás en Mendoza por la mañana.

–Pero se supone que mañana tengo que viajar a Johannesburgo.

–Johannesburgo puede esperar. Yo no puedo. Debes traer a mi hijo esta misma semana.

Susannah abrió la boca para protestar, pero entonces volvió a cerrarla. Él era su jefe y si quería que ella cancelara uno de sus viajes de negocios debía hacerlo.

–Asegúrale que la visita merecerá la pena –insistió Tarrant–. A pesar de mi reputación, no soy tan egocéntrico como para pensar que todo el mundo conoce mi existencia. Dile quién soy y lo que puedo ofrecerle.

La emoción que se reflejó en la cara de aquel hombre sorprendió a Susannah. Estaba viendo otra faceta de Tarrant Hardcastle. Bajo aquel desenvuelto magnate había un ser humano tan frágil e inseguro como el resto de la gente. Un hombre que quería conocer a su hijo antes de que fuera demasiado tarde.

Decidió que tenía que ayudarlo.

–Me estoy muriendo –dijo Tarrant, agarrándole la mano–. No tengas miedo de apelar a su fibra sensible –añadió, apretándole la palma de la mano con sus huesudos dedos–. Todos los hombres la tienen, a pesar de lo que preferimos que creáis las mujeres.

Capítulo Cinco

Susannah, tan agotada que pensó que iba a desfallecer, aparcó el coche en el que había viajado desde Santiago frente a la vivienda de la hacienda Tierra de Oro.

En aquella ocasión había alquilado un vehículo más grande y con un depósito de gasolina mayor que en la ocasión anterior. No había telefoneado. Tarrant había estado seguro de que el factor sorpresa jugaría a su favor y ella suponía que tenía razón. A pesar de las promesas que le había hecho, Amado tampoco la había telefoneado a ella.

Al apagar el motor respiró profundamente. Entonces, utilizando sus últimas fuerzas, abrió la puerta del vehículo y salió fuera.

Lo primero que oyó fue a una mujer llorando.

Se acercó a la puerta principal de la casa y, con el corazón revolucionado, llamó. Oyó unas pisadas y, a continuación, la gran puerta de madera se abrió.

Amado.

Durante un segundo él palideció debido a la impresión que sintió.

—Tú.

—Sí, soy yo —contestó Susannah tras tragar saliva con fuerza.

Amado era más alto y más imponente de lo que ella recordaba. Y también más guapo.

–Mira lo que has hecho –susurró él violentamente, señalando el interior de la vivienda... de donde provenían los sollozos–. Mi madre está muy angustiada.

Susannah se percató de que una extraña expresión se reflejó en la cara de él y recordó que Clara no era su madre. Pero mantuvo silencio. Había una gran tensión en el ambiente.

En aquel momento aparecieron los dos perros de Amado, los cuales se colocaron a ambos lados de su dueño.

Susannah dio un paso atrás, pero al hacerlo tropezó y casi cayó al suelo. Él se acercó para ayudarla y la sujetó por los brazos. Pero a continuación apartó las manos como si la piel de ella le hubiera quemado.

–Gracias –ofreció Susannah–. Lo siento. No pretendí hacerle daño ni a tu familia ni a ti...

–Pero tenías un trabajo que hacer –comentó él con una rabia contenida–. ¿Por qué no entras?

Tras invitarla a entrar en la casa, Amado desapareció en la oscuridad de ésta. Ella, aunque deseó marcharse de allí, respiró profundamente y entró en la vivienda. Clara Álvarez estaba sentada en el sofá con la cabeza entre las manos. Estaba sollozando.

–Mamá –dijo Amado con dulzura.

–No soy tu madre –contestó ella–. No debí haber formado parte de esta farsa. Mentí.

Muy impresionada, Susannah se preguntó qué demonios había ocurrido hacía treinta y un años en aquel lugar.

Amado agitó la cabeza.

–¡Está tan disgustada! Mi padre ha huido a las montañas y no habla con nadie –explicó, dirigiéndose hacia el otro extremo de la sala.

Susannah lo siguió con la esperanza de hablar con él sin que la afligida Clara los oyera.

–¿Podemos salir al porche? –le preguntó, susurrando. Estaba muy tensa.

Amado frunció el ceño, pero abrió la puerta que daba al porche y le indicó que saliera.

–Tu verdadero padre quiere que vayas a Nueva York –explicó ella.

–Mi verdadero padre –Amado repitió aquellas dos palabras como si fueran una maldición–. ¿Cómo puedes decir eso? Es un extraño que jamás se preocupó por mí, que me abandonó. Y ahora quiere verme por razones personales sin importarle las vidas que arruine en el proceso.

–Él siente mucho la manera en la que trató a sus hijos perdidos –respondió Susannah.

–¿Perdidos? Yo no estaba perdido. Yo estaba en casa, aquí, en Tierra de Oro –contestó Amado con el dolor reflejado en los ojos–. La hacienda ha ido pasando de padres a hijos durante seis generaciones. Y ahora la cadena se ha roto ya que mi padre no tiene ningún hijo.

–No comprendo –dijo ella–. ¿Quién era Marisa Álvarez?

–Marisa Álvarez era mi hermana –contestó él sin girarse para mirarla.

–¿Una hermana? Yo no sabía que tuvieras una hermana.

–¿Por qué deberías haberlo sabido? Lleva muerta treinta años –Amado se dio la vuelta en aquel momento y le dirigió una abrasadora mirada a Susannah–. Y en realidad no era mi hermana.

Susannah, que no comprendió muy bien lo que

estaba explicando él, quiso abrazarlo y consolarlo, pero la rígida postura que adoptó éste la previno.

–Marisa, «mi hermana», vivió una vida tranquila aquí, en Tierra de Oro. Su madre, la primera esposa de Ignacio, murió al dar a luz, por lo que a ella la crió su viudo padre –explicó Amado–. Yo siempre supe todo esto. Pero lo que no había sabido era que cuando Marisa cumplió diecisiete años se cansó de estar siempre bajo la protección de su padre. Tras pasar un verano estudiando Arte en Mendoza y obtener dinero a escondidas al vender sus cuadros, se escapó a Nueva York.

Susannah respiró profundamente. Las cosas comenzaban a encajar.

–Mi padre... o quizá debería decir Ignacio, sabe muy poco de esta parte de su vida –comentó Amado–. Pero Marisa se quedó en Nueva York durante más de un año y durante ese tiempo conoció a Tarrant Hardcastle.

–Y mantuvieron un romance –comentó Susannah, susurrando.

–Sí, y mi madre se quedó embarazada, momento en el cual él le dijo que se deshiciera del bebé o que no quería saber nada más de ella.

Susannah parpadeó.

–Pero ella no lo hizo. Era católica. Aunque tampoco se atrevió a decírselo a su padre, por lo que se quedó en Nueva York. Pasó sola el embarazo, así como también dio a luz en solitario. Murió en el parto, al igual que su propia madre dieciocho años antes.

–Oh, no –Susannah sintió cómo las lágrimas le brotaron de los ojos.

–Murió a solas, temerosa de pedir ayuda en un país extraño en el que no tenía verdaderos amigos

–continuó explicando Amado con el horror de la situación reflejado en la cara–. Y porque su amante la había abandonado.

En ese momento tuvo que hacer una pausa y dio con el puño en la pared del porche.

–Alguien, tal vez un vecino, la oyó… debió haber sufrido unos dolores terribles. Telefonearon a una ambulancia que logró salvar al bebé, pero fue demasiado tarde para Marisa –continuó con lágrimas en los ojos–. Encontraron su dirección de Argentina entre sus pertenencias y telefonearon a Ignacio para que fuera al hospital a reclamar el bebé.

Amado miró a Susannah fijamente.

–Ya habían telefoneado a Tarrant, pero éste se desentendió de cualquier responsabilidad.

–Es terrible –contestó ella. Pero aquellas dos palabras no fueron suficiente para describir el horror de la situación. No pudo evitar que las lágrimas le rodaran por las mejillas.

–¿Por qué lloras? –quiso saber Amado, frunciendo el ceño–. Seguro que ya sabías todo esto.

–No sabía nada –contestó Susannah–. Lo siento tanto. No puedo creer que Tarrant…

–Mi verdadero padre –dijo Amado con desprecio–. Maldigo la tierra que pisa.

–Te comprendo –ella se mordió el labio inferior. Se preguntó cómo demonios iba a convencer a aquel hombre de que la acompañara de regreso a Nueva York. En realidad ni quería hacerlo.

–Así que Ignacio me trajo consigo a Tierra de Oro –continuó explicando Amado–. No quiso que yo sufriera la vergüenza de ser hijo ilegítimo, por lo que se apresuró en casarse con su ama de llaves, Clara. Le dijeron a la gente que Marisa había fallecido en un accidente de tráfico.

–Ya veo –respondió Susannah–. Yo hubiera pensado que la gente habría intuido lo ocurrido… con la desaparición repentina de Marisa y la llegada de un nuevo bebé.

–Mi padre dijo que fingieron haberse casado antes, pero que dijeron que lo habían mantenido en secreto por el escándalo que habría causado el saber que se había casado con una sirvienta. Pero… ¿quién sabe? Quizá todo el mundo por aquí ha sabido la verdad durante años. Pero yo no lo supe –Amado se llevó el puño al pecho–. Después de treinta años en este mundo jamás se me pasó por la cabeza que yo no fuera hijo de Clara e Ignacio Álvarez.

–¿Te ha contado todo esto tu padre… quiero decir Ignacio?

–Sí. Y yo me enfadé. Mucho –contestó Amado, mirando al horizonte–. ¿Cómo ha podido mentirme durante tantos años? –preguntó con la confusión y el dolor reflejados en la voz.

Susannah deseó poder decir algo, pero estaba aturdida debido a lo extraño de la situación.

–Y ahora Ignacio ha huido a las montañas y Clara está destrozada –comentó él.

–Lo siento tanto. No sé qué decir –contestó ella, sudando.

–¿Por qué deberías sentirlo? –le preguntó Amado con una dura expresión reflejada en la cara–. Simplemente estabas haciendo tu trabajo –añadió. Pero al mirarla a los ojos se dulcificó su expresión.

Susannah tenía la angustia reflejada en la cara.

–No tenías otra opción. Con un jefe tan estúpido

como Tarrant te habría despedido si no hubieras obedecido sus órdenes.

–Tienes razón. Lo hice para mantener mi trabajo –confesó ella–. Pero desearía no haberlo hecho.

–Es mejor saber la verdad –comentó Amado, mirando de nuevo las montañas.

–¿Mejor? ¿Cómo va a ser mejor? Tu familia es un caos.

–Los secretos son como veneno en el sistema. Se pueden esconder durante un tiempo, pero antes o después destruyen todo. Es mejor sacarlos a la luz y enfrentar sus consecuencias.

A pesar de sus valientes palabras, Susannah se percató de la tensión que reflejó el cuerpo de Amado.

–Ahora estamos en otros tiempos y no hay nada vergonzoso en el hecho de ser hijo ilegítimo.

–A mí no me preocupa. Yo sigo siendo la misma persona –respondió él.

Ella se preguntó cómo podía ser cierto que alguien continuara siendo la misma persona tras enterarse de que las personas a las que había estado más unido le habían mentido durante toda su vida.

–Deberías venir a Nueva York. Sé que has hablado por teléfono con tu hermana, Fiona…

Susannah se preguntó cómo habría manejado la conversación Fiona, la cual estaba tan mimada por su padre que no sabía manejarse bien en la vida real. Incluso sentía pena por ella.

–También tienes un hermano. Tarrant abandonó a Dominic, como a ti, pero ahora éste forma parte de la familia.

–Un hermano –repitió Amado, mirándola fijamente.

–Quizá tengas muchos. Hasta el momento, Dominic es el único que han conseguido encontrar, aparte de a ti. Lo crió su madre. Es más o menos un año mayor que tú.

–Me gustaría conocerlo –aseguró él.

–Te caería bien. Yo trabajo frecuentemente con él para elegir los vinos que se servirán en los restaurantes.

–¿Trabaja para Hardcastle Enterprises? –preguntó Amado, impresionado.

–Sí. También es propietario de su propia cadena de tiendas de comestibles, pero Tarrant lo convenció de que aceptara hacerse cargo de la dirección de la empresa. No fue fácil que tu hermano aceptara. Su actitud era parecida a la tuya, pero supongo que Tarrant finalmente se ganó su confianza.

–No tengo ningún interés en conocer al hombre que dejó morir a mi madre –dijo Amado–. Pero sí que quiero conocer a mis hermanos.

–A ellos también les gustaría conocerte –comentó Susannah.

Se dijo a sí misma que no había estado bien haberse acostado con Amado. No había sido muy profesional. Pensó que cuando éste estuviera en Nueva York debía mantenerse lo más alejada de él que le fuera posible…

–¿Por qué te estás apartando de mí? –preguntó él, mirando los pies de ella.

Susannah se quedó helada. No se había percatado de que su cuerpo había puesto una segura distancia entre ambos.

–No lo estoy haciendo.

–Sí que lo estás haciendo –insistió Amado–. Cuando te invité a tomar un vino no sabía en lo que me estaba metiendo. Pensé que mis padres se comportaron de una manera tan grosera para librarse de ti, pero ahora comprendo que sólo querían protegerme. Querían protegernos a todos.

Tras decir aquello se acercó a ella.

–No pienses que ahora te puedes escapar.

Muy tensa, Susannah se quedó de pie en el porche de la casa de Amado.

A pesar de todo, él quiso abrazarla. No había dejado de pensar en ella desde que se había marchado de Tierra de Oro. Jamás olvidaría la noche que habían pasado juntos.

Se acercó aún más a ella y le introdujo la mano por debajo de la chaqueta. Entonces le acarició un pecho.

Susannah gimió y sintió cómo se le endureció el pezón. Pero no se echó para atrás.

El deseo se apoderó de Amado. Le miró los labios a aquella sensual mujer y deseó besarlos.

Volvió a dar un paso al frente, con lo que provocó que los pechos de ambos estuvieran a tan sólo unos centímetros de distancia. Inhaló la dulce fragancia de la piel de ella.

Pudo saborear el deseo que sintió Susannah en su lengua, pudo olerlo en el aire. Así como su miedo.

Introdujo las manos por su espalda y la abrazó estrechamente, pero ella estaba rígida como una estatua. Entonces le colocó las manos en la cintura. Pudo sentir cómo Susannah comenzó a excitarse... contra su voluntad.

Pensó que sus braguitas estarían húmedas debido al deseo y sintió cómo su erección presionó la cremallera de sus pantalones.

La besó apasionadamente. El sabor de ella era embriagador, era como una droga.

Susannah le devolvió el beso y le acarició la cara. Gimió al sentir cómo él le levantó el vestido, le apartó las braguitas y acarició el húmedo centro de su feminidad con los dedos.

En ese momento Amado la penetró con un dedo. A continuación, tras sujetarla por la espalda, comenzó a hacerle el amor con dicho dedo y a excitarle el clítoris con el dedo pulgar al mismo tiempo. Provocó que ella alcanzara el clímax en pocos minutos.

La ola de sensaciones que se apoderó de Susannah fue tan potente que casi se cayó al suelo, pero él la sujetó. Jadeando, se apoyó en el pecho de aquel hombre durante un segundo.

Se percató de que él había dejado de penetrarla y que simplemente estaba allí de pie... mirándola fijamente.

—No te resulta fácil decirme que no, ¿verdad? —dijo Amado.

Impresionada ante aquella sugerencia, ella comprobó el estado de su vestido.

—No te preocupes, todavía tienes un aspecto virginal.

El tono de burla que empleó él impresionó de nuevo a Susannah.

—Aunque, desde luego, ambos sabemos la verdad —continuó Amado, contemplando la posibilidad de volver a acariciar los firmes pechos de ella—. ¿Qué diría tu jefe si lo supiera?

—No serías capaz de decírselo... ¿verdad? –dijo Susannah.

—¿Cómo lo sabes? En realidad soy un extraño para ti. Sólo pasamos juntos un día. Y una noche.

Ella se echó para atrás y en aquella ocasión él se lo permitió.

—Tú me conoces como Amado Álvarez, de Tierra de Oro... o por lo menos ésa era la persona que solía ser hasta que apareciste en nuestras vidas –comentó él–. Aquella persona habría guardado tus sexys secretos. Amado Álvarez era un hombre de honor.

Amado hizo una pausa y respiró profundamente.

—Pero según parece no soy el hombre que pensé que era. Soy hijo de este tal... Tarrant Hardcastle. ¿Quién sabe lo que soy verdaderamente capaz de hacer?

Las puertas del porche se abrieron e Ignacio apareció ante ellos.

—¿Qué demonios hace ella aquí de nuevo? –exigió saber, enfurecido.

Amado se quedó helado. Nunca antes había visto a su padre de aquella manera.

Susannah se apartó de ellos y se puso su chaqueta por encima del vestido.

—¡Márchate ahora mismo! –espetó Ignacio, acercándose a ella–. Jamás le he puesto una mano encima a una mujer, pero te echaré yo mismo de aquí si no...

—Tranquilízate –terció Amado, agarrando a su padre por el brazo–. Susannah está aquí por un asunto de negocios –añadió.

—Ella no tiene ningún negocio que realizar aquí, aparte de alterar nuestras vidas.

—Pero Susannah dijo la verdad, ¿no es así? –le recordó Amado.

Su padre frunció el ceño.

–La verdad que pretendíais ocultarme –continuó Amado–. ¿No tengo yo derecho a conocer las circunstancias de mi propio nacimiento? ¿No tengo derecho a saber quién me trajo al mundo?

–Fue por tu bien –contestó Ignacio–. Pensé que era lo mejor.

Amado se sintió invadido por el enfado y por antiguos resentimientos. Durante años había tenido ciertas dudas que había silenciado.

–¿Fue por eso que alejaste a Valentina de mí?

Todavía recordaba la acalorada discusión que había mantenido con su padre cuando había tenido diecinueve años y había estado completamente enamorado. Ignacio había prohibido el matrimonio y había alegado que la muchacha era inadecuada para ser la esposa de un Álvarez.

Por aquel entonces se había preguntado si su padre había estado detrás del repentino cambio de sentimientos de Valentina. Y en aquel momento vio la fea verdad delante de sí.

–No te negaste a que se convirtiera en mi esposa porque ella fuera hija ilegítima, sino porque no querías que nadie descubriera que yo también lo era, ¿no es así?

Ignacio vaciló y se pasó una mano por la cara.

–Si te hubieras casado siendo menor de edad, habrían visto tu partida de nacimiento.

Aquella confesión heló la sangre de Amado. Siempre había sospechado la verdad, pero nunca había estado seguro. El cambio de los sentimientos de Valentina había sido demasiado drástico.

–Elegiste seguir con tu mentira antes que respetar mi vida. Durante todo este tiempo Marisa ha sido una sombra silenciosa. Era la hermana que nunca conocí y de la que no sabía nada. Eso no está bien. Ella fue una persona que existió.

Amado se percató de que tenía apretado el puño, pero no pudo relajar la mano.

–Era mi madre y no debiste haber borrado su historia de mi vida –continuó con la rabia reflejada en la voz.

–Murió siendo tan joven –comentó Ignacio, agitando la cabeza–. Nunca tuvo la oportunidad de convertirse en mujer.

–Ella era una mujer. Quizá tú no quisiste aceptarlo, pero tu pequeña creció. Incluso tuvo un hijo.

–Yo no... yo no... –farfulló Ignacio.

–No quieres pensar en eso –dijo Amado–. Tú simplemente quisiste que ella siguiera siendo tu niña pequeña para siempre. Y seguramente aquélla fue la razón por la que mi madre huyó a Nueva York.

–Si no hubiera conocido a ese Tarrant Hardcastle... –no pudo evitar decir su padre.

–Pero lo hizo. Y ahora yo también debo conocerlo –decidió repentinamente Amado.

Durante años había tratado de olvidar el dolor que le había causado haber perdido a su novia. Siempre había sospechado que Ignacio había tenido algo que ver con el hecho de que Valentina lo abandonara, pero haber oído cómo su padre lo admitía...

La adrenalina se apoderó de sus músculos y trató de controlarse. Pensó que estaba cansado de que jugaran con él y que tal vez conocer a su padre natural aportara un poco de realidad a aquella farsa en la que había vivido.

—Voy a conocer a Tarrant Hardcastle y a decidir por mí mismo acerca de él.

—Él no es tu padre. No te crió.

—Él tiene la mitad de la responsabilidad de mi existencia —respondió Amado, sintiendo cómo la rabia le alteró la sangre—. Ahora él cree que puede recuperarme. Ya veremos. Por ahora todo lo que quiero hacer es mirar a la cara al hombre que dejó morir a mi madre.

Tras decir aquello miró a Susannah, la cual había despertado unos intensos sentimientos en él. Parecía que no podía dejar de pensar en ella.

Tuvo que admitir que, junto al caos que aquella mujer había llevado a sus vidas, también había aportado el fresco aire de la verdad.

—Iré a Nueva York contigo.

Capítulo Seis

Susannah y Amado subieron juntos en el ascensor que les llevó hasta la planta superior del edificio de oficinas que Tarrant poseía en la Quinta Avenida, planta en la que se encontraba el despacho de éste. El traje de chaqueta que llevaba Amado le otorgaba un aire formal, distante. Llevaba su normalmente alborotado pelo peinado hacia atrás.

No habló y pareció muy pensativo.

Tarrant, su esposa, Samantha, su hija, Fiona, y su recién encontrado hijo Dominic les estaban esperando.

Susannah solamente estaba allí porque Amado no le había permitido que se marchara. Había insistido en que pasara la noche con él en la habitación que había reservado en The Pierre. Allí la había arropado en el estrecho círculo que ambos formaban, alejados de las miradas de los curiosos. Había ejercido su magia sobre ella y la había llenado de un intenso placer.

Le hizo el amor de forma agresiva, exigente... extremadamente erótica.

Tras ello, ambos se tumbaron sobre las caras sábanas de la cama, exhaustos...

Ding.

El ascensor se detuvo. Amado entrelazó su brazo con el de ella como para evitar cualquier intento de escape.

Susannah trató de apartar el brazo.

–¿Y si piensan que…? –comenzó a preguntar.
–¿Qué ocurriría si lo piensan? –contestó él.
–¡Éste es mi trabajo! –bramó ella.
–Y lo haces muy bien –comentó Amado, levantando una ceja antes de soltarla.

Susannah se quedó helada al percatarse de que Amado pensaba que se había acostado con él para realizar bien su trabajo.

–¡Amado! –exclamó una delgada mujer rubia que se acercó a ellos en el área de recepción. Aparentemente estaba muy emocionada.

Susannah se percató de que debía realizar las presentaciones.

–Amado, ésta es Samantha Hardcastle. Es la… la mujer de tu padre.

Era la tercera esposa del señor Hardcastle.

Amado tendió la mano y le dio un apretón a la de Samantha. Susannah se dio cuenta de que a él le había sorprendido mucho lo joven que era la mujer de Tarrant.

Pensó que bajo su apariencia de mujer perfecta, Samantha era una de las personas más agradables y sinceras que ella jamás había conocido.

–Tarrant quería salir a recibirte, pero hoy está muy débil. Estoy segura de que Susannah te ha dicho que está enfermo –comentó Samantha con la emoción reflejada en los ojos–. Por favor, pasa. Todos estamos muy contentos de que estés aquí.

La expresión de la cara de Amado era ilegible.

La señora Hardcastle les guió dentro del despacho de Tarrant. Dominic fue el primero que se acercó a saludarlos. Le dio un formal apretón de manos a Amado y entonces, como por instinto, lo abrazó.

Dominic había sido elegido para sustituir a su padre cuando éste falleciera... a pesar del escándalo que había creado un reportaje en el cual se le acusaba de mantener una relación con una espía de empresa en Hardcastle Enterprises.

Bella Soros, la científica y espía que él había desenmascarado, era en aquel momento su esposa y una figura clave en Hardcastle Enterprises. Susannah vio que ésta estaba en el despacho de Tarrant y se percató de la perspicaz mirada que le dirigió al hermano de su esposo.

La emoción se apoderó del ambiente al agacharse Amado para saludar al enfermizo magnate, el cual apenas pudo levantarse de la silla. Tarrant tomó la mano de su hijo entre las suyas.

–Hijo mío, estoy tan contento de haberte encontrado.

Susannah se emocionó. Tal vez fuera debido a que Tarrant estaba tan débil. Parecía un hombre al que le quedaba muy poco tiempo por vivir y rezó para que Amado fuera amable con él.

Pero se preguntó si ella misma sería capaz de perdonar un pecado tan grande como el que había cometido Tarrant.

El señor Hardcastle halagó los vinos de Amado, con lo que logró que ambos comenzaran a mantener una conversación. Entonces Tarrant le presentó a su hija, Fiona.

Ella era el único hijo que Tarrant había tenido dentro del matrimonio. Fiona era hija de la segunda esposa de Hardcastle.

Amado le dio la mano a su pelirroja hermana, tras lo cual se acercó para darle un beso en la mejilla. Los verdes ojos de ella reflejaron cierta emoción.

A continuación, Amado susurró que quería hablar a solas con Tarrant Hardcastle. Susannah se apresuró en salir de aquel despacho y se dirigió al suyo.

Cuando todos los demás se hubieron marchado, Amado se quedó a solas con su padre.

–Estás enfadado –comentó Tarrant.

–Sí, lo estoy –contestó Amado. Entonces miró a la cara al hombre que había abandonado y dejado morir a su madre–. No sabía nada de tu existencia. Ignacio Álvarez me crió como hijo suyo y su mujer actuó como mi madre.

–Tuviste suerte de que te criaran unas personas tan amables y buenas.

–Desde luego que tuve mucha suerte… –respondió Amado, sintiendo cómo se le alteró la sangre– ya que había sido abandonado por el hombre que me dio la vida.

–Sé que las disculpas no sirven de nada. Lo que hice no tiene excusa. Yo era joven y estúpido –comentó Tarrant–. Tu madre me dijo que se había quedado embarazada. Le dije que se deshiciera del bebé, que yo pagaría todos los gastos, pero ella no me hizo caso. Le advertí de que si no lo hacía, no volvería a verme.

Tarrant hizo una pausa y frunció el ceño.

–No la volví a ver con vida –explicó, mirando a su hijo con lágrimas en los ojos–. Te eligió a ti antes que a mí. Y fue una elección muy acertada.

Amado sintió cómo le dio un vuelco el corazón ante aquella sincera confesión.

–Desearía haberla conocido.

–Siento muchísimo que no lo hayas hecho –comentó Tarrant–. Era una mujer preciosa y alegre. Una pintora talentosa con una prometedora carrera por delante. Yo no pude comprender por qué quería renunciar a todo aquello para ocuparse de un niño.

–Ella asumió su responsabilidad –dijo Amado entre dientes.

–Algo que yo jamás podría hacer. No te pido que me perdones, porque sé que no lo harás. No puedes. Solamente espero que te consideres parte de nuestra familia. Para mi esposa significaría mucho que estuvieras junto a Fiona y a Dominic. Creo que tiene miedo de que la familia Hardcastle se desintegre tras mi fallecimiento. Ella no ha tenido hijos propios y os considera su familia.

Amado parpadeó. Pensó que la atractiva rubia, que no parecía tener más de veinticinco años, se iba a convertir en una alegre viuda.

–¿Es por eso por lo que me has hecho venir hasta aquí? ¿Para hacer feliz a tu esposa?

Con gran esfuerzo, Tarrant se levantó de la silla y Amado se acercó para sujetarlo por el codo.

–No. Quería que vinieras… por mí. Era el egoísta deseo de un moribundo de conocer a su hijo.

Amado tragó saliva. La emoción que reflejó la cara de Tarrant le ablandó el corazón.

–Estoy tan orgulloso de lo que has conseguido. Susannah me trajo tus vinos y me contó que has estado desarrollando los viñedos desde que eras un niño. Te mereces todo el éxito por el que tan duramente has trabajado y mucho más. Espero que en Hardcastle Enterprises podamos ayudarte a ampliar tu negocio.

Amado agarró con fuerza el codo de su padre. Unas emociones desconocidas para él se apoderaron de su cuerpo. A pesar de todo, sintió una profunda conexión con el hombre que tenía delante.

Entonces, no muy seguro de lo que estaba haciendo, abrazó a Tarrant. No pudo evitarlo.

—Tú no sabías que mi madre iba a morir –susurró–. Nadie podía haberlo sabido.

—Ella habría estado muy orgullosa de ti. Solía hablarme de vuestra hacienda… Tierra de Oro, ¿verdad?... como si fuera una especie de Edén. Sé que le hubiera agradado mucho el hecho de que tú estés viviendo allí y que lo estés cuidando todo para la siguiente generación.

Amado se sintió muy emocionado. Conocía pocas cosas de Marisa ya que Ignacio y Clara nunca hablaban de ella. Había asumido que era debido al inmenso dolor de su pérdida.

Se percató de que todavía estaba sujetando con fuerza a Tarrant. Entonces lo soltó y se echó para atrás. Respiró profundamente.

En ese momento la puerta del despacho se abrió y Samantha asomó la cabeza.

—Dominic y Fiona quieren invitarte a cenar, Amado –informó, sonriendo–. Desean enseñarte la ciudad. Por favor, di que aceptas –suplicó con sus grandes ojos azules.

—Me encantaría –contestó él, logrando mantener la voz calmada. Asintió con la cabeza ante Tarrant.

—Hablaremos luego –comentó el magnate, que pareció haber recuperado su arrogante comportamiento–. Haremos negocios. Quiero ayudarte a exportar tus vinos a los Estados Unidos.

—Eso me gustaría –contestó Amado, preguntándose dónde estaba Susannah.

Simplemente con pensar en ella se sintió invadido por el deseo.

–Me gustaría que Susannah regresara a Tierra de Oro para poder desarrollar un plan de negocios –añadió, inclinando la cabeza en espera de la reacción de Tarrant.

–Desde luego. Le daré órdenes de que se quede allí hasta que tú desees –contestó su padre, dirigiéndole una mirada de complicidad.

–¡Susannah! Oh, gracias a Dios que estás ahí.

Susannah, a quien el teléfono acababa de despertar, trató de identificar la voz que provenía del otro lado de la línea.

–Vamos a llevar a Amado a una milonga para que se sienta como en casa. Debes venir.

Era Fiona. A Susannah se le encogió el corazón ya que no supo si le podía decir que no a la «pequeña princesa de papi».

–¡Caramba! Estoy muy cansada –comentó–. No he dormido durante una noche entera desde…

Estaba demasiado cansada como para recordar desde cuándo no había dormido bien.

La noche anterior no había sido ya que la había pasado en la habitación de hotel de Amado. Y las dos noches anteriores las había pasado viajando en avión hacia y desde Santiago, Chile.

Se acurrucó en las frías sábanas blancas de su austero apartamento.

–Tienes dos horas para dormir y después ven a reunirte con nosotros en el hall de entrada del edificio Hardcastle. Iremos todos juntos en coche al centro de la ciudad.

En ese momento la conexión telefónica se cortó y Susannah se preguntó qué demonios era aquello de una milonga.

Susannah se bajó del autobús y anduvo por la Quinta Avenida. Llegaba cinco minutos tarde. El frío diciembre de Manhattan supuso un gran contraste con el cálido clima del hemisferio sur que había dejado atrás en Mendoza.

Vio a la impresionante Fiona de pie en la acera que había junto al edificio Hardcastle. Llevaba puesta una chaqueta de cuero y un vestido verde.

–¡Por fin!

Amado estaba apoyado en una de las paredes del edificio, arrebatadoramente guapo vestido con un traje de chaqueta oscuro. No se movió cuando la vio, pero ella sintió cómo la miró de arriba abajo.

–Lo siento. Había mucho más tráfico del que había supuesto.

–No importa. Entra –le indicó Fiona, señalando la limusina que les esperaba.

Susannah entró y se sentó. Observó cómo Dominic y Bella coquetearon el uno con el otro en uno de los asientos. Amado la miró pícaramente cuando entró en el vehículo. Se sentó junto a Fiona y comenzó a hablar con ella.

–Amado, te va a encantar este lugar. Es muy íntimo. Lo inauguró una pareja de Buenos Aires que da clases de tango –comentó Fiona, tocándole la rodilla a su hermano. A continuación reposó los dedos en el musculoso muslo de él.

Susannah se sintió muy irritada.

–Amado es del campo –terció–. Mendoza no está cerca de Buenos Aires.

Amado la miró a la cara.

–¿Crees que no sé bailar un tango?

Susannah se encogió de hombros.

–¿Sabes bailarlos? –le preguntó entonces Fiona a Amado, acercándose mucho a él.

–Supongo que tendrás que descubrirlo por ti misma –respondió el argentino, esbozando una sonrisa ante su hermana.

Susannah maldijo su actitud posesiva con respecto a Amado. Fiona era su hermana y tenía todo el derecho a mantener una relación íntima con él.

Pero no pudo evitar recordar que sólo habían pasado unas horas desde que él le había acariciado todo el cuerpo y le había chupado el pezón hasta llevarla a alcanzar un intenso clímax.

Cuando llegaron a su destino, Amado esperó a que los demás salieran primero de la limusina y entonces le tendió un brazo a Susannah.

–Me alegro de que hayas venido.

Emocionada, ella tomó su brazo. Se le puso el vello de punta.

Ni siquiera estaba segura de dónde estaban. Era un local del centro de la ciudad. Una fila de elegantes clientes esperaba a entrar bajo las frías temperaturas que se estaban registrando. Pero Fiona se acercó directamente a la puerta y le susurró algo al imponente gorila de seguridad, ante lo que éste les dejó pasar de inmediato.

Susannah pudo sentir el fuerte brazo de Amado a través de la manga de su chaqueta. Cuando entraron dentro del local pudieron oír la seductora música que había dentro.

Pensó que era una suerte que no supiera bailar el tango ya que de aquella manera tenía una excusa para no hacer el ridículo.

Bajaron unas escaleras y llegaron a un espacio abierto donde alrededor de una pista de baile había mesas a las que poder sentarse para tomar algo. También había un pequeño escenario en el cual estaba tocando un grupo de música en directo.

Bajo el sonido del tango, todos se sentaron a una mesa y pidieron algo de beber. Una emocionada Fiona les contó su experiencia acerca de las clases de tango que había recibido. Les preguntó si no les parecía una coincidencia fantástica que su nuevo hermano fuera argentino.

Susannah le dio un trago a su bebida mientras Fiona, riendo, llevó a Amado a la pista de baile.

Dominic y Bella les siguieron. Ambos dijeron que nunca antes habían bailado un tango, pero la pasión que había entre los dos era impresionante. El alto y atractivo Dominic irradió una controlada intensidad mientras que Bella, que tenía el cuerpo de una diosa sexual de los años cincuenta, bailó a su alrededor como metal fundido.

Susannah miró a Amado y a Fiona. Se le alteró el pulso al ver cómo él colocó sus manos en la desnuda espalda de su hermana. Ella misma conocía las caricias que ofrecían aquellos dedos, caricias poderosas pero al mismo tiempo delicadas... y su cuerpo deseó ser acariciado por él.

Pero se dijo a sí misma que Amado no era suyo y que lo que tenía que hacer era alegrarse por él ya que había encontrado una familia de la que no había conocido su existencia.

Fiona realizó un sensual y elegante movimiento con las piernas, movimiento que provocó que Susannah tuviera que apartar la mirada. La fea bestia de los celos era tan desconocida para ella que no supo cómo manejarla.

Se preguntó cómo podía ser posible que le diera rabia que él bailara con su propia hermana y se acusó a sí misma de ser una egocéntrica maniática.

Volvió a mirar a la pareja de hermanos y en aquella ocasión su vista se encontró con la de Amado. El deseo se apoderó de su cuerpo. Observó cómo él giró a Fiona en un elegante movimiento sin dejar de mirarla.

Se dijo a sí misma que aquel hombre estaba jugando con ella.

Se preguntó si era por aquella razón por la que la había llevado allí aquella noche, para tentarla y jugar con sus sentimientos a modo de venganza por la manera en la que ella había alterado su vida.

La canción terminó repentinamente y Susannah miró para todos lados con tal de evitar la emocionada mirada de sus acompañantes de aquella noche, los cuales regresaron a la mesa.

Dominic le dio un sensual beso a su esposa y Amado ayudó a Fiona a sentarse en una silla.

Entonces se acercó a ella.

—Es tu turno.

—Yo no sé bailar tango.

—No importa —contestó él, tendiéndole una mano.

—En serio, pareceré una estúpida.

—Si bailas, quizá parecerás una estúpida. Pero si te quedas aquí sentada y no te diviertes, todos sabrán que eres una estúpida —dijo Amado con el desafío reflejado en los ojos.

Susannah se levantó de la silla. Amado la abrazó por la cintura y prácticamente la llevó en volandas a la pequeña pista de baile, donde ya había por lo menos quince parejas bailando.

–Pero yo...

Él la silenció al ponerle un dedo en los labios.

–No pienses. Simplemente escucha la música –le ordenó, acercándose aún más a ella–. Escucha a tu cuerpo –le susurró al oído–. Baila conmigo.

A ella le dio un vuelco el estómago ante la sensual voz de él. Respiró profundamente.

Su vestido negro tenía una gran abertura en la espalda y Amado introdujo los dedos por ella. Susannah se preguntó si él no quería mantener en secreto que tenían una aventura.

Amado la abrazó tan estrechamente que el cuerpo de ella quedó casi completamente presionado contra el suyo.

Casi.

Unos escasos centímetros separaban aún sus caderas. Él inclinó la cabeza hasta que su mejilla casi rozó la de Susannah. Entonces tomó su otra mano y dio un paso al frente.

Instintivamente ella se echó para atrás y él dio una vuelta, girando a ambos hacia un lado. Entonces se echó para atrás a su vez y, con la mano en la cintura de Susannah, atrajo a ésta hacia él. Ella colocó los pies entre los de Amado. Para delante y para atrás, hacia los lados, las manos y los movimientos de los pies de él la guiaron entre los demás bailadores de tango.

La música, tensa y rítmica, cargó el ambiente de tensión.

Amado la guió a través de un sensual viaje que nunca llegaba a su fin.

Ocasionalmente él realizó algún pícaro movimiento consistente en introducirse entre las piernas de ella, separarlas en un gesto abiertamente sexual y a continuación echarse para atrás con un elegante giro... como si nada hubiera ocurrido.

La energía rebosó entre ellos. Susannah se sintió invadida por la adrenalina y notó cómo sus pezones se endurecieron bajo su vestido.

Asombrada, se percató de que estaban bailando con tanta soltura que pareció que bailaban tango todas las noches.

Era tan complicado, tan maravilloso, tan natural como...

El sexo.

La canción terminó y sintió cómo se le aceleró el corazón al levantarle Amado la mano y darle un beso.

Era el perfecto caballero.

Entonces la guió de nuevo hacia la mesa sin decir una palabra.

Susannah se sentó en la silla, completamente invadida por el deseo. Amado dio un sorbo a su bebida y aceptó con gracia los demasiado efusivos cumplidos de Fiona. Se rió y dijo que no, que nunca había recibido clases de tango. Explicó que su primera novia, que había sido mayor que él, le había enseñado todo lo que necesitó saber.

Susannah también sintió celos de ella.

Pensó que en manos de Amado se convertía en otra persona, en alguien más salvaje, más natural, más viva.

Si no lo hubiera conocido, seguramente jamás habría descubierto que era capaz de alcanzar un increíble éxtasis en el dormitorio... ni de bailar un sensual tango en una sala abarrotada.

Y todavía no estaba segura de si era bueno o malo el haberlo descubierto.

Sobrevivió a dos apasionados bailes más con él. Entonces Amado le dio un beso de buenas noches, un casto beso en la mejilla, y se despidió de ella.

Se marchó sola a casa y sintió cómo le dolió el cuerpo debido al deseo insatisfecho.

Pero se dijo a sí misma que no pasaba nada. Él mantendría oculto su secreto y ella mantendría su puesto de trabajo.

Podría regresar a su vida normal... aunque no estuvo segura de que fuera aquello lo que quería.

Capítulo Siete

No había tenido noticias de Amado desde hacía tres días. Éste no se había despedido de ella, no le había advertido... simplemente se había marchado.

Susannah estaba acurrucada en la mecedora de su apartamento. En el sofá, su mejor amiga, Suki, estaba sentada abrazada a sus largas piernas.

–Cariño, pareces... angustiada.

–Oh, eso son tonterías –contestó Susannah, levantándose. Se dirigió a su diminuta cocina para poner la tetera.

–Es por ese viticultor, ¿verdad? –preguntó su amiga desde el sofá.

–Ya no se los llama así, ahora se los llama...

–Ah, ¿ves? Ni siquiera lo niegas.

–¿Quieres manzanilla o té de limón?

–¡Qué dos opciones tan sanas! Veo que ya no tomas cafeína. ¿No te preocupa el hecho de que el té de limón pueda llegar a ser muy estimulante?

Susannah se cruzó de brazos y miró a Suki desde la puerta de la cocina.

–¿Qué clase de amiga eres?

–De las pesadas que no te permiten decirme que todo está bien cuando obviamente no es así. Desde que fuiste a Argentina has estado comportándote de manera extraña. Tienes las mejillas hundidas y un extraño brillo en los ojos.

–Quizá he contraído alguna enfermedad en mis viajes.

–Eso sin duda. Yo simplemente estoy tratando de saber un poco más del hombre que te pegó la enfermedad. ¿Es arrebatadoramente guapo?

Susannah volvió al salón y se sentó en el sofá junto a su amiga. Suspiró.

–Sí, me temo que sí lo es.

–Oh, no. Ésos son los peores –comentó Suki.

Alta, rubia y con ojos azules, poseedora de unas facciones perfectas y un cuerpo precioso, Suki tenía el físico que lograba girar cabezas cuando entraba en una sala. Pero su impresionante aspecto también atraía a los peores canallas. El romántico consejo que siempre le daba a la mucho menos experta Susannah era que tuviera mucha precaución.

–¿Te has acostado ya con él… o te ha convertido en un zombie simplemente con un beso?

–Me he acostado con él –contestó Susannah, mirando el suelo de su apartamento–. Me pareció una buena idea. Una aventura de las que todo el mundo tiene –añadió, levantando la vista.

–Pero tú no eres todo el mundo –respondió Suki–. No me digas que no te advertí.

–De lo que me advertiste fue de que los hombres argentinos piensan que son como regalos para las mujeres.

–Aparentemente tú has tenido la mala suerte de encontrar uno que sí que lo es. Por lo menos si el brillo de tus ojos supone alguna indicación.

Susannah se mordió el labio inferior.

–Es un amante increíble –comentó.

–Pero eso no lo es todo, ¿sabes? Seguramente no pueda pensar con claridad si no es sobre vino.

–¡Eso desearía yo! Pero compartí con él un viaje en avión y conversamos mucho. Tiene opiniones muy interesantes sobre todo tipo de cosas. Es muy inteligente.

–Como tú –dijo Suki, frunciendo el ceño.

–No es como yo. Como ya te he dicho, es muy guapo. Sabe cómo volver loca a una mujer. Me dio un masaje de pies que me hizo derretirme en sus manos.

A Suki se le pusieron los ojos como platos.

–La gente a la que le gustan los pies son algo pervertidillos.

Susannah frunció el ceño.

–Pues él no lo parece. Yo creo que lo hizo para ser... generoso. Pareció que realmente disfrutó al ocuparse de mí, al hacerme sentir como en casa.

–Oh, Dios, verdaderamente parece peligroso –comentó Suki, fascinada–. ¿Y es el hijo de tu jefe?

–Su hijo biológico, sí –contestó Susannah–. Yo no pensé que lo fuera, de lo contrario nunca hubiera... ya sabes.

–Es un poco desafortunado, ¿no te parece? Pero aun así, significa que está forrado de dinero.

–¡Como si a mí me importara eso! Amado ha tenido mucho éxito con su propio viñedo, por lo que no necesita el dinero de Tarrant Hardcastle.

–Cariño, todos necesitan el dinero de Tarrant Hardcastle.

–Yo no.

–Sí, lo necesitas. Si no... ¿por qué estás trabajando para él?

–¡Ay!

La tetera comenzó a pitar y Susannah se levantó para apagarla. Agradeció la distracción.

–Acepté el trabajo porque me gusta viajar –contestó desde la cocina.

–Te gusta estar de un lado para otro para así no tener que soportar a nadie por más de unos pocos días.

–Eso son tonterías.

–¿Estás segura? ¿Entonces por qué te gusta viajar tanto? Has estado toda tu vida moviéndote de un sitio para otro. Yo habría pensado que te encantaría fijar tu residencia permanentemente para dar un cambio.

–Quizá todavía no haya encontrado el lugar adecuado para vivir permanentemente –respondió Susannah, sirviendo agua hirviendo sobre dos bolsas de manzanilla en dos tazas.

Recordó las hermosas montañas de Tierra de Oro. Pensó que era un lugar especial.

No le extrañó que pareciera angustiada. Si Amado fuera un fantasma, se lo podría quitar de la cabeza con un exorcismo. No le atormentaría el recuerdo de sus dedos sobre su piel, de sus labios en su garganta, de la sensación de tenerlo dentro de ella mientras le hacía el amor despacio pero intensamente…

–Hooooola, ¿has oído algo de lo que te acabo de decir? –preguntó Suki.

–¿Perdona?

–Oh, querida. ¿Cuándo vas a regresar a visitarlo?

–Que yo sepa, nunca. Él regresó a Argentina hace tres días y ni siquiera se molestó en despedirse de mí. La última vez que lo vi fue cuando bailamos juntos un tango –explicó Susannah, sintiendo cómo las lágrimas amenazaron con brotar de sus ojos. Tragó saliva con fuerza para controlarse.

–Una aventura con el hijo del jefe –Suki agitó la cabeza–. Supongo que sería mejor si no vuelves a verlo de nuevo. Los trabajos como el tuyo no crecen en los árboles. Ni en las parras.

–Lo sé –logró contestar Susannah–. Tengo que retomar las riendas de mi vida. Tengo programado un viaje a Sudáfrica para volver a planificar un acuerdo. Y Tarrant quiere verme mañana en su despacho.

Suki levantó una ceja.

–Uh, oh…

–Lo que tienes que hacer es atraer a Amado hacia nosotros –comentó Tarrant, echándose para delante en su silla. Agarró un bolígrafo plateado de su ordenado escritorio.

Susannah sintió un dolor punzante en la cabeza.

–Quiero que se establezcan unos lazos muy importantes con su hacienda –continuó Hardcastle–. Quiero que él se emocione ante la perspectiva de hacer negocios con nosotros. Te pagaré una cuantiosa suma de dinero.

Entonces garabateó algo en un trozo de papel y se lo entregó a ella.

Un cheque. De diez mil dólares.

Susannah se quedó boquiabierta.

–Estoy muy contento con el trabajo que has hecho hasta ahora –comentó Tarrant, echándose para atrás en su silla–. De hecho, estoy encantado. Has actuado mucho más allá del sentido del deber.

Ella se quedó helada. Se preguntó si Amado le habría comentado que se había acostado con él para obtener la muestra de ADN.

–Sé que has tenido que reorganizar tu agenda y algunos viajes para poder volar a Argentina dos veces con muy poco tiempo de antelación. No creas que no lo tengo en cuenta.

Susannah se percató de que la mano con la que estaba sujetando el cheque le comenzó a temblar. Entonces la colocó en su regazo.

Tarrant pareció más sano que la semana anterior; tenía la alegría reflejada en la cara. Ella sospechó que éste no sabía nada acerca de su aventura con Amado ya que si lo supiera no la enviaría de nuevo a Argentina. Por lo menos eso pensaba ella.

Le dio un vuelco el estómago. Se preguntó si Amado querría volver a verla.

Él la había invitado a su habitación de hotel de Manhattan y la había vuelto loca de placer. Pero después de la noche en la que habían bailado tangos, había regresado a Tierra de Oro sin despedirse de ella, que se había enterado por terceras personas de que se había marchado.

Pero iba a tener que volver a ponerse frente a él.

Pensó que podía dejar su trabajo, devolver el cheque y mantener los últimos resquicios de dignidad que le quedaban.

Pero si hiciera aquello jamás volvería a ver a Amado. Entonces asintió con la cabeza.

–Lo arreglaré todo para poder viajar a Argentina la semana que viene. ¿Qué vinos esperaba usted comprar para nuestras bodegas?

–Todos.

***

A lomos de su caballo, Amado miró desde la ladera de la montaña el coche que se acercó a la casa. El pequeño vehículo blanco podía llevar sólo una persona dentro.

Lo supo ya que se le puso la carne de gallina.

Susannah.

Su caballo brincó hacia un lado y perdió de vista el coche mientras éste se introdujo por la carretera rodeada de cipreses.

Pensó que no había necesidad de que se apresurara en regresar ya que ella le esperaría.

Le había dado instrucciones a Rosa de que instalara a Susannah en la antigua habitación de Marisa. Toda la casa se había visto invadida repentinamente por los fantasmas del pasado y le pareció correcto que la señorita Clarke se familiarizara con ellos.

Ignacio no le había dirigido la palabra desde que había regresado de su viaje a Nueva York y él se estaba planteando la autoridad del que siempre había considerado su padre sobre cualquier aspecto de su vida.

Las viejas heridas habían sido abiertas de nuevo y habían creado una atmósfera de desconfianza.

Y la culpable era Susannah.

Ella había despertado de nuevo en él sentimientos que no había experimentado desde que, hacía ya más de diez años, Ignacio había apartado de su vida a la mujer que amaba. Valentina le había enseñado a bailar y a amar, pero no había sido una «esposa adecuada» para un hijo de Ignacio Álvarez.

Maldijo en alto. Cuando Valentina se marchó, trató de seguirla... pero ella lo rechazó. Insinuó que sin la hacienda él no le interesaba.

Sintiéndose herido y orgulloso, Amado había regresado a su casa y se había centrado en el trabajo.

No había vivido como un monje ya que había disfrutado de la compañía de bellas y divertidas féminas que no le habían pedido ningún tipo de compromiso.

Pero todo había cambiado tras conocer a Susannah. Ésta podía bailar y hacer el amor con él, para después mirarlo con la frialdad reflejada en los ojos, como si él no significara nada para ella.

La irritación y el deseo se apoderaron de su cuerpo. Odió el poder que aquella mujer ejercía sobre él.

Cuando llegó a la casa y subió los escalones que daban a la puerta principal, el sol se estaba poniendo. Una vez dentro, se quitó los guantes y olió el aire.

Ella estaba allí.

Ignoró el calor y la tensión que se apoderaron de su cuerpo.

No la encontró en el salón. Oyó cómo Rosa se movió por la cocina, pero no oyó ninguna conversación.

Finalmente encontró a Susannah en el patio. Vaciló un momento y la observó a través del cristal de las puertas. Delgada y frágil, ella estaba observando las montañas.

—Susannah —dijo por fin al abrir las puertas.

Ella se dio la vuelta y se le iluminó la cara. Comenzó a esbozar una sonrisa. Pero entonces vaciló y él observó cómo se controló.

—Hola, Amado.

Él le levantó una mano y se la besó en un estilo muy caballeroso.

—El placer, una vez más, es mío.

Susannah se ruborizó. No tenía ningún control sobre su atracción hacia él.

Amado se sintió satisfecho. Quizá ella deseara dejarlo atrás en su vida, pero él no se lo iba a permitir... no hasta que no resolviera el asunto que tenían pendiente. Aquélla había sido la razón por la cual la había dejado hambrienta y excitada en Nueva York.

–¿Cómo están tus padres? –preguntó ella–. Todavía no los he visto.

–¿Mis padres? Te olvidas de que mi madre está muerta y de que tú acabas de dejar a mi padre en Nueva York.

–Me refiero a Ignacio y a Clara –respondió Susannah, tragando saliva.

–Todavía están vivos –contestó Amado, pensando que no se lo iba a poner fácil.

Pero se percató de que, como siempre, ella estaba irresistible vestida con un vestido estampado en azul y blanco. Se sintió invadido por el deseo y se acercó a aquella seductora mujer.

–Ignacio ya no me llama «hijo mío», tal y como solía hacer –comentó.

–Debe ser duro.

–Lo es.

–¿Y Clara? ¿Cómo se lo está tomando ella?

–Como una madre que ha perdido a su hijo.

En aquel momento Amado tuvo que apartar la mirada ante la afligida expresión que reflejó la cara de Susannah. La pobre Clara no había vuelto a ser la misma desde que los verdaderos orígenes de «su hijo» habían salido a relucir. Había mantenido las distancias con él, avergonzada por su participación en una mentira tan importante. No había ido a visitarlo desde hacía una semana.

–¿Crees que finalmente ella llegó a creerse la mentira? ¿Que casi llegó a creerse que te dio a luz? –preguntó Susannah.

–Posiblemente. La historia ha salido en los periódicos y ya han comenzado los cotilleos –dijo él–. No se puede hacer nada –añadió, observando cómo ella estaba tratando de pensar en alguna solución–. ¿Estás intentando descubrir cómo puedes salvar la situación? No te molestes. No puedes.

Durante la cena, Amado se comportó de una manera encantadora. La amena conversación que mantuvo, combinada con las pícaras y sensuales miradas que le dirigió a Susannah, provocaron que ésta no dejara de reír y de ruborizarse como si fuera una colegiala.

Susannah supo lo que estaba haciendo él... estaba jugando con ella. Pero pareció ser incapaz de evitar su respuesta.

Tras los postres, Amado salió del comedor para hablar con Rosa. Susannah se echó para atrás en la silla. Pensó que cada vez que había tratado de hablar de negocios, él había desviado el tema hacia otro asunto.

Entonces oyó cómo la puerta principal de la casa se cerró al marcharse Rosa. En cualquier momento Amado regresaría al comedor con el café preparado. Se dijo a sí misma que tal vez le ofreciera masajearle los pies y con sólo pensarlo se le aceleró el pulso.

Se percató de que no tenía autocontrol en lo que a Amado Álvarez se refería.

Y lo peor de todo era que él lo sabía.

En vez de café, Amado regresó al comedor con un chal negro.

–Vamos a dar un paseo.

–¿En la oscuridad?

–Hay muchas estrellas –comentó él con el brillo reflejado en los ojos. Se había puesto un jersey oscuro, lo que claramente indicó que iba a dar aquel paseo fuera cual fuera la opinión de ella–. Esto te abrigará –añadió, acercándole el chal.

–¿Es de pelo de llama?

–Es de vicuñas. Su lana es más suave –respondió Amado, esbozando una sonrisa.

–Entonces no me puedo negar, ¿verdad?

Él no se molestó en contestar. Ambos sabían que ella nunca podía decirle que no.

Salieron por la puerta principal de la vivienda. Todo estaba muy oscuro.

–¿Dónde están Clara e Ignacio? –quiso saber Susannah. Le pareció extraño no haberlos visto en todo el día.

–¿Cómo lo voy a saber yo? –contestó Amado, andando hacia el frente–. No me cuentan todo... como tú bien sabes.

Aunque ella sabía que no tenía la culpa de aquel caos, sintió la necesidad de arreglar la difícil situación que estaba atravesando la familia Álvarez.

Amado comenzó a andar tan rápido que ella tuvo que apresurarse para alcanzarlo.

–¿Dónde vamos?

–A visitar a un amigo –espetó él.

Aquella brusca respuesta supuso un duro contraste con la encantadora actitud que había mantenido Amado durante la cena.

Susannah se quedó sin aliento debido al ritmo que llevaba él. Los pequeños tacones de sus zapatos no eran ideales para aquella media carrera que estaban realizando. Tropezó y casi cayó al suelo, ante lo que Amado se dio la vuelta y frunció el ceño. Le miró los zapatos.

–Sí, llevo tacones. No me percaté de que daríamos una caminata a medianoche.

–Normalmente llevas zapatos más planos.

–No siempre –protestó ella, que no quiso que él supiera que se había comprado aquellos zapatos especialmente para la visita a Tierra de Oro–. Además, tus viñedos están tan bien cuidados que en esta ocasión ni siquiera me molesté en traer botas.

–Deberías haberlo hecho. ¿Qué ocurrirá si llueve? –comentó Amado, agarrándola por los brazos.

–Quizá no he sido muy sensata –respondió Susannah, sintiéndose alterada ante aquel contacto físico. Sintió un cosquilleo por los pechos.

–Es importante ser sensato cuando se sale de viaje de negocios. Y para ti éste es un viaje de negocios, ¿no es así?

–Sí –contestó ella, tragando saliva. Se sintió invadida por sus inseguridades–. Sé que quizá tú no querías volver a verme. Lo comprendo. Yo traje unas noticias poco gratas que han cambiado tu vida. Pero yo no pedí venir.

–No –dijo él, agarrándole los brazos con más fuerza–. Yo pedí que vinieras.

–¿Sí? –preguntó Susannah, boquiabierta–. Pero yo pensé... Tarrant...

–Oh, él tiene sus propias razones para que tú estés aquí, sin duda. Pero yo le pedí que te enviara.

–¿Por qué? –quiso saber ella. Sintió cómo un escalofrío le recorrió el cuerpo.

–Porque podía.

En ese momento Amado le soltó los brazos, se dio la vuelta y continuó andando.

Susannah se quedó mirándolo. Se sintió muy enfadada al darse cuenta de que dos hombres ricos le habían alterado la vida a su antojo.

–Vamos –ordenó él.

Ella se apresuró en seguir a Amado y observó una pequeña luz en una puerta. Era una cuadra.

–Por aquí –le indicó él para que lo siguiera.

Ella pudo oír animales moviéndose y entonces Amado abrió la puerta de un compartimiento.

–Entra.

Susannah se acercó a mirar a través de los barrotes y vio un enorme caballo marrón que apareció entre las sombras. Vaciló ya que los animales tan grandes la intranquilizaban.

Amado ya había entrado en el largo compartimiento.

–Yo te espero aquí –dijo ella.

–¿Tienes miedo? –preguntó él, mirándola. Se acercó a ella–. Tal vez debería haber comenzado con una presentación formal. Susannah, ésta es Tierra de Oro Andrómeda, conocida por sus amigos como Luz. Luz, ésta es Susannah Clarke.

Susannah no pudo evitar esbozar una sonrisa.

–¿Y ahora qué hago? ¿Le doy un apretón de pata?

Amado silbó y Luz levantó una de sus patas delanteras.

–Eres bueno con los animales –comentó Susannah, riendo.

–Ella confía en mí –dijo él, acariciando el cuello del animal–. Quizá tú deberías hacer lo mismo.

Armándose de valor, Susannah entró en el compartimiento y cerró la puerta tras ella. Entonces se dio cuenta de que también había un potrillo muy pequeño.

–¡Qué mono! ¿Cuánto tiempo tiene?

–Luna tiene tres días –contestó Amado, tendiendo una mano para que la potrilla le oliera–. Se está acostumbrando a mí.

–¿A su madre no le importa?

–Oh, no. Me conoce desde que nació y éste es su cuarto potrillo, así que ya conoce la rutina. ¿Quieres acariciarla?

–No, gracias. Me basta con mirar.

Amado no la presionó más, pero Susannah miró de reojo a Luz y se sintió como una tonta.

Él acarició con mucho cariño a la potrilla, la cual pareció relajarse bajo sus manos.

–Trato de acercarme hasta aquí por lo menos tres veces al día –comentó en voz baja–. Para que ella llegue a conocerme y comprenda que no voy a hacerle daño.

–Eso está bien –contestó Susannah, que no supo qué otra cosa decir.

–¿No creciste tú en el campo? –preguntó Amado, riéndose.

–Sí, pero nunca tuve relación con los animales. Ayudaba en los colegios, con los programas de orientación... cosas así.

–Oh... –los ojos de él brillaron–. ¿Te gustan los animales?

–Claro –respondió ella con incertidumbre. Le dio la impresión de que aquello era una especie de prueba. Y deseó pasarla con todas sus fuerzas.

En ese momento sintió cómo Luz apoyó su enorme cabeza en su hombro. Asustada, intentó no moverse. Miró de reojo al animal y se percató de que la yegua la estaba mirando a ella con mucha tranquilidad.

—Te está diciendo que te relajes —comentó Amado sin siquiera levantar la vista.

—Está funcionando —Susannah levantó el brazo y le dio unas palmaditas en el cuello a Luz.

Pudo ver cómo él sonrió y se sintió invadida por un cálido sentimiento de satisfacción.

Amado se levantó y acarició afectuosamente a Luz. Entonces guió a Susannah fuera del compartimiento y cerró la puerta de éste tras ellos.

—¿Qué va a ocurrir con la potrilla? —quiso saber ella.

—¿A qué te refieres? —le preguntó él, mirándola de manera extraña.

—¿La vas a vender?

—Probablemente —respondió Amado—. Tendríamos muchos caballos si nos quedáramos con todos los potrillos que nacen cada año. Mi padre... —en ese momento hizo una pausa y carraspeó— Ignacio siempre ha criado caballos. Y su padre lo hizo antes que él. Supongo que es una tradición.

—Pero parece que estás muy unido a la potrilla. ¿Cómo te acostumbras a hacerlo, a despedirte de ellos y continuar?

—Tú sabes todo acerca de las despedidas. Es parte de tu vida.

—Sí —concedió Susannah—. Desde luego.

Amado comenzó a andar por el establo.

—¿Y el padre? ¿Está aquí también? —preguntó entonces ella.

—¿A qué te refieres? —contestó él con una oscura expresión reflejada en la cara.

—El padre de Luna.

–No, él vive a unos pocos kilómetros, en casa de mi amigo Diego. Lo trajimos aquí para que montara a Luz.

–Así que él quizá ni siquiera sepa que es padre.

–No, y creo que tampoco le importa. Simplemente lo pasó bien.

–Como Tarrant Hardcastle –dijo Susannah, mordiéndose la lengua a continuación. No pudo creer que hubiera dicho aquello en voz alta.

–¿Qué estás tratando de decir?

–Que esta potrilla tiene dos padres. El que le dio la vida y el que la va a criar. Y eso está bien. Las cosas se tranquilizarán y tu vida volverá a la normalidad –explicó ella.

Se percató de que estaba tratando de convencerse a sí misma tanto como a él. Se le llenaron los ojos de lágrimas. Aunque supo que no debía, se sentía responsable por el caos que se había apoderado de Tierra de Oro.

–No es asunto tuyo –aseguró Amado, mirándola fijamente–. Puedes continuar con tus viajes y olvidarte de nosotros. No tienes por qué preocuparte.

–Pero me importa.

En ese momento Susannah supo que aquel hombre le importaba mucho. Quizá demasiado.

Tardaron una fracción de segundo en acercarse el uno al otro y besarse. Algo inevitable.

Capítulo Ocho

Amado tomó en brazos a Susannah, la cual acarició instintivamente los sólidos músculos de la espalda de él. El chal cayó al suelo, pero los brazos de Amado eran más cálidos que éste.

Entraron en una especie de almacén en el que había un enorme montón de heno en un lado. Amado echó una manta que allí había sobre un colchón de fardos y la ayudó a ella a sentarse… sin dejar de abrazarle la cintura.

El calor que desprendió el cuerpo de él excitó a Susannah, que introdujo las manos por debajo de su camisa y le acarició la suave piel de la espalda. Amado le desabrochó la parte delantera del vestido y dejó al descubierto su sujetador. Parpadeó, la miró y suspiró.

La pasión se apoderó de ella, que alzó las caderas para invitarle a que llegara más lejos. Entonces le desabrochó el cinturón. Le bajó los pantalones y los calzoncillos para disfrutar de su potente erección. Amado le subió a ella la falda del vestido y le acarició los muslos. Susannah se sintió invadida por unos intensos escalofríos.

Se le aceleró el pulso al explorar él la sedosa textura de sus braguitas. Entonces lo abrazó estrechamente hasta que la dureza de Amado presionó contra su cuerpo.

—Quiero sentirte dentro de mí –susurró en la oreja de él.

Amado la ayudó a tumbarse sobre la manta, tras lo cual, con la pasión reflejada en la cara, se colocó sobre ella. La miró a los ojos. A continuación le levantó el vestido, le bajó y le quitó las braguitas por sus temblorosas piernas y la penetró.

Una exclamación se escapó de la boca de Susannah. Él le besó la cara, le dio unos apasionados besos en la boca y en las mejillas.

—Te he echado de menos –confesó ella.

—Yo también a ti –afirmó Amado. Estaba agitado debido a la excitación.

Amado comenzó a hacerle el amor intensamente y le acarició los brazos y la cara.

Ella se percató de que amaba mucho a aquel hombre y se sintió invadida por la adrenalina. Se colocó sobre él y aceleró el ritmo que habían mantenido. Amado le acarició los pechos y provocó que Susannah se perdiera en una nube de deliciosa excitación. Entonces incitó sus pezones por encima del sujetador hasta que éstos estuvieron tan duros como piedras.

Ella pudo oír sus propios gemidos y susurros al aproximarse su clímax. Justo en el momento en el que estuvo a punto de dejarse llevar, Amado tomó el control de la situación. Se irguió y la besó. Despacio. Muy sensualmente.

La mantuvo quieta sin que pudiera moverse a pesar del hecho de que Susannah estaba a punto de explotar de placer. El deseo que se apoderó de ella provocó que le temblara todo el cuerpo.

Pareció que Amado ejerció un enorme poder de

autocontrol sobre sí mismo. Comenzó a moverse, despacio y profundamente, dentro de ella. Pero Susannah no pudo contenerse más y explotó. El clímax de él llegó inmediatamente después. Ambos se aferraron el uno al otro.

En aquel momento ella se percató de que las lágrimas le caían por las mejillas. Amado la abrazó estrechamente.

Susannah se dijo a sí misma que era normal que amara a aquel hombre. Él adoraba aquella tierra y a los animales que en ella había. Pero entonces comprendió que su relación con él no tenía futuro ya que Amado vivía en Tierra de Oro y ella en Nueva York.

–Estás pensando de nuevo –comentó él, penetrando en la nube de ansiedad que se había apoderado de Susannah.

–¿Cómo lo sabes?

–Porque te sale una pequeña arruga entre las cejas –respondió Amado.

–Queda muy feo.

–Es una arruga bonita –contradijo él, acercándose para darle un beso entre las cejas–. Pero ya sabes que hay momentos para pensar y momentos sólo para disfrutar.

Tras decir aquello se apartó de ella y la ayudó a sentarse sobre la manta. Le puso otra suave colcha por encima y se quitó el preservativo.

¿Preservativo? Susannah se dijo a sí misma que no recordaba que él se hubiera puesto ningún preservativo y que era una suerte que por lo menos uno de los dos hubiera sido inteligente.

El sonido de la risa de Amado provocó que levantara la cabeza.

–De nuevo ha aparecido esa bonita arruga.

Ella respiró profundamente. Amado levantó la colcha y se metió dentro. Susannah no pudo evitar darle la bienvenida al cálido cuerpo de aquel hombre y lo abrazó estrechamente.

Deseó poder quedarse de aquella manera para siempre.

El sonido de un profundo resoplo la alteró.

–Tranquila, es uno de los caballos –dijo él.

–Claro, estamos en el establo –contestó ella, parpadeando.

–Así es –Amado le dirigió una perpleja mirada.

–¿Han oído los caballos... ya sabes? –quiso saber Susannah, ruborizándose.

–Quizá se lo deberías preguntar a ellos –respondió él, esbozando una sonrisa.

A ella le impresionó que Amado no pareciera intimidado ante el hecho de que acababan de hacer el amor en un establo. Pero se percató de que tal vez él hiciera aquello todo el tiempo. La manta había estado convenientemente en aquel lugar y él había tenido un preservativo consigo.

Le dolió el corazón al imaginarse a Amado haciendo el amor con otra mujer.

Él le acarició el entrecejo para alisar aquella molesta arruga.

–¿Qué vamos a hacer contigo? –bromeó–. Voy a tener que castigarte por pensar demasiado.

–Seguro que por aquí hay algunas fustas –comentó ella.

–Yo sólo soy un chico de campo –dijo Amado, riéndose–. No sé nada de esos actos pervertidos.

–¿Cómo lo vas a saber si nunca lo has intentado?

La seria expresión de la cara de él hizo reír a Susannah. Pareció muy preocupado.

–Tranquilo, sólo estoy bromeando. Ahora eres tú el que está pensando demasiado. Seguramente yo sea la persona menos pervertida del planeta... o por lo menos eso pensaba hasta que te conocí.

–Eres una mujer muy apasionada –comentó Amado, abrazándola estrechamente–. Y cariñosa también. Eso me gusta –añadió, dándole un beso en la mejilla.

A la mañana siguiente, todavía arropada por la manta y la colcha, Susannah se despertó a solas sobre el heno. No había ni rastro de Amado.

La luz se colaba por una grieta que había en la puerta y se dio cuenta de que habían sido unas voces las que la habían despertado. Unas voces de hombres. Pero ninguna era la de Amado.

–Aquí, creando problemas de nuevo –dijo uno de los hombres–. Hubiera pensado que le habría dado vergüenza aparecer de nuevo por estas tierras, pero para esa mujer no es suficiente destruir nuestra familia. Ahora quiere inmiscuirse en nuestros negocios.

Susannah reconoció la voz de Ignacio. Se quedó muy quieta bajo la colcha para que no supieran que estaba allí.

–Sí... desde luego... es cierto... –dijo otra voz de hombre.

Obviamente este último era un empleado que no quiso disgustar aún más a su jefe.

Ella se dijo a sí misma que quizá Amado la había llevado allí y la había dejado sola para vengarse.

Cuando las voces de los hombres se alejaron, se

levantó y se abotonó el vestido. Pero se le había perdido un botón y la tela estaba muy arrugada. Si alguien la veía...

Dobló la manta y la colcha y las colocó en una esquina.

Se acarició el pelo y comprobó que lo tenía muy alborotado. Agarró sus zapatos y se dirigió de puntillas hacia la puerta... pero al intentar abrirla se percató de que estaba cerrada con llave. Se quedó sin aliento y se le aceleró el pulso. Se preguntó si realmente Amado había pretendido encerrarla allí para que ella tuviera que pedir ayuda.

Entonces oyó cómo alguien se acercó a la puerta desde fuera. Se apresuró en echarse a un lado.

—El jefe se está volviendo loco. Esta muchacha de Nueva York es el colmo —comentó el que parecía ser el mismo empleado que había conversado anteriormente con Ignacio.

—Clara está incluso más loca —dijo otro empleado—. No ha hablado con el señor Álvarez desde hace ya días. Traté de descubrir la razón mediante Rosa, pero ésta me amenazó con darme un golpe con su sartén si hablaba de sus queridos patrones.

—Esta mañana yo he visto a Amado montando a caballo como un loco. Se dirigía hacia las montañas como si le persiguiera el diablo. Todo este lugar se va a ir al infierno.

—Mi madre dice que se veía venir. No se puede vivir con una mentira. Antes o después se descubre y te come.

—Tu madre habla demasiado.

—Será mejor que te comas esas palabras antes de que te...

La conversación de aquellos muchachos terminó

siendo un agradable y al mismo tiempo impresionante intercambio de groserías que provocó que Susannah se ruborizara.

Se preguntó cómo iba a salir de allí. No había ventanas y la puerta estaba cerrada con llave.

Pero en ese momento la puerta se abrió y entró un muchacho. Éste tomó un montón de heno y se dio la vuelta para salir...

Entonces la vio. Se quedó mirándola fijamente.

–Dios mío –dijo el joven, que no tendría más de diecinueve años.

–Hola.

–No la oí.

–Vine a tomar un poco de heno –mintió ella–. Pero alguien cerró la puerta con llave tras de mí.

El muchacho miró los zapatos que Susannah tenía en las manos.

–La puerta no estaba cerrada con llave–comentó.

–Oh... entonces supongo que se atrancó –respondió ella, tragando saliva–. Ya me marcho.

Al ver la manta y la colcha que había en una esquina, el joven esbozó una sonrisita.

Susannah deseó morir, pero lo que hizo fue alzar la cabeza y salir del almacén.

Se dirigió a la vivienda, a su dormitorio, dormitorio que en realidad era de Marisa. Al mirarse en el espejo y ver su alborotado pelo y la pasión que todavía reflejaban sus ojos, se dijo a sí misma que a partir de aquel momento realmente sí que tenían algo de qué cotillear por aquellas tierras.

Pero ya había soportado demasiado el que la culparan a ella de haber destrozado a la familia Álvarez. Iba a hacer algo al respecto.

***

Una vez que se hubo duchado y vestido con un traje de chaqueta y pantalón combinado con unos zapatos razonablemente planos, Susannah tomó uno de los pastelitos que quedaban en la mesa del comedor.

No había rastro de Amado, lo que no le sorprendió teniendo en cuenta lo que había escuchado decir a los muchachos. Se forzó en esbozar una alegre sonrisa ante Rosa y salió de la casa.

Como no estaba segura de dónde estaba la nueva casa de Clara e Ignacio, condujo hasta las bodegas y allí preguntó. Los muchachos le informaron de la ubicación de la vivienda y ella se dirigió hacia un bonito paisaje donde vio una moderna casa con vistas a las montañas.

Aparcó el vehículo, se bajó de éste y llamó a la puerta. Se le aceleró el corazón al oír cómo alguien se acercó a abrir. Clara abrió la puerta, respiró profundamente al verla allí y volvió a cerrar la puerta de un portazo.

–Por favor, sólo quiero hablar contigo –pidió Susannah, llamando a la puerta con los nudillos–. De mujer a mujer.

Tras una dolorosa espera, oyó cómo Clara giró el picaporte de la puerta.

–Pasa –dijo entonces la mujer.

Al entrar en el salón de la vivienda, Susannah decidió no perder el tiempo e ir al grano.

–No he venido a disculparme ya que sólo hice lo que me ordenaron. Y no fue un crimen.

Clara frunció el ceño.

—Pero he venido a suplicarte que arregles la situación de tu hogar –continuó Susannah, acercándose a Clara–. Tú eres el centro de la familia y nada de lo que haya ocurrido cambia ese hecho. Tú eres la esposa y madre de los hombres de tu vida, sin importar cómo llegaras a ocupar ese lugar. Es obligación tuya mantener unida a la familia.

La señora Álvarez se quedó mirándola y Susannah pensó que seguramente sus palabras habían sonado muy arrogantes. Pero ello no la detuvo.

—Sé que eres una mujer muy fuerte. No tiene sentido que ahora te rindas.

—Nunca me gustó la mentira –confesó Clara con lágrimas en los ojos–. Me afligía. Pero Ignacio estaba tan derrumbado por la muerte de su única hija, sobre todo tras haber perdido a su esposa, y yo lo amaba tanto… Lo amaba desde hacía muchos años. Lo adoraba como una loca. Pero yo no era guapa, no tenía ni educación ni familia. Jamás soñé con que un hombre como Ignacio Álvarez fuera a pedirle a su ama de llaves que se casara con él. Y cuando lo hizo… no pude negarme.

—Hiciste lo correcto –aseguró Susannah, poniéndole a Clara una mano en el hombro–. Creaste una familia para Amado y le abriste tu corazón. Él es tu hijo. Ambos lo sabéis.

—Yo no tengo ningún hijo –contestó Clara–. Y mi marido sólo se casó conmigo para evitar un escándalo. Y ahora hay más cotilleos que nunca. Toda mi vida es un fraude.

—Eso no es cierto. Tú criaste a Amado. Tú eres su madre. Jamás nada podrá cambiarlo –Susannah respiró profundamente–. Y tu marido te necesita.

–Yo soy una vieja estúpida. Nadie me necesita.

–Tú eres la esposa de Ignacio. A pesar de las circunstancias de vuestro matrimonio, prometiste apoyarlo y consolarlo. Ya lo hiciste cuando Amado nació y ahora debes hacerlo de nuevo.

–He intentado con todas mis fuerzas ser una buena esposa para Ignacio –comentó Clara con lágrimas en los ojos–. Y él ha sido un buen marido para mí.

–¿Y qué te hace pensar que tienes que abandonarlo todo ahora? ¿Sólo porque se ha descubierto el secreto? Quizá tu vida se haya complicado, pero eso no significa que debas renunciar a ella. Tu esposo e hijo te necesitan más que nunca.

–Pareces muy inteligente para ser tan joven.

–No soy tan joven –contestó Susannah–. Y aprendí de mis padres, los cuales aconsejaron a muchas personas a lo largo de los años. Todo el mundo necesita un consejo en alguna ocasión, incluyéndome a mí.

–Y yo sería una vieja estúpida si no te escuchara –dijo Clara, tomando un pañuelo de su bolsillo–. Ven a tomar un café conmigo.

Tras tomar un café con Clara, Susannah salió de la casa con la determinación de encontrar a Ignacio y resolver aquel embrollo. Lo divisó desde el coche en los viñedos, por lo que detuvo el automóvil y se acercó a él andando.

–¡Señor Álvarez! –dijo, tratando de parecer amistosa.

–¿No has hecho ya suficiente daño? –preguntó Ignacio, frunciendo el ceño.

–Por eso mismo quería hablar con usted. No hay

motivo para que adopte este comportamiento tan extraño.

–¿No? Toda nuestra existencia está basada en una falsedad, falsedad que inicié yo tal y como muy acertadamente indica mi esposa –comentó él con la amargura reflejada en la voz.

–Usted hizo lo que pensó que era mejor.

–¡Bah! Hice lo que me dictó mi orgullo. No quise que la gente supiera que mi hija había tenido un hijo siendo soltera. Ella tenía razón en tener miedo de decirme que estaba embarazada ya que yo no habría sido comprensivo. Así que… ya ves. Yo también soy responsable de su muerte.

–Su esposa lo ama mucho –aseguró Susannah con delicadeza.

–¿Mi esposa? ¿La mujer con la que me casé para preservar lo que quedaba del honor de mi familia? Si es que quedaba algo. Exploté a Clara –confesó Ignacio–. La contraté para que realizara un nuevo papel en mi vida, así como tu jefe te contrató a ti.

El señor Álvarez hizo una pausa y negó con la cabeza.

–Le prometí a mi primera esposa en su lecho de muerte tras dar a luz a Marisa que jamás me casaría de nuevo. Y lo hice, por razones puramente prácticas, para mantener mi dignidad. Clara tiene todo el derecho del mundo a odiarme por haberle robado su vida.

–Pero ese matrimonio de conveniencia se convirtió en un matrimonio lleno de amor –comentó Susannah.

–¿Qué sabrás tú del amor? –contestó Ignacio–. Tú, una chica que viaja por el mundo, que va de un lugar a otro por antojo. ¿Qué sabrás tú de la familia... del legado familiar?

–Amado es su hijo porque usted lo crió. También es su nieto, su heredero biológico a través de Marisa.

–Todos sabemos cómo están las cosas en este momento... gracias a ti y a tu jefe, Tarrant Hardcastle. Pero nosotros jamás consideraremos hacer negocios con el hombre que arruinó y destrozó la vida de mi hija.

Susannah se apartó de Ignacio. No se le había ocurrido que éste se negaría en redondo a realizar negocios con Tarrant.

–Todos estaremos mucho mejor si te marchas de Tierra de Oro y no vuelves jamás –aseguró él antes de darse la vuelta y marcharse de allí.

Ella se dijo a sí misma que quizá lo mejor era regresar a Nueva York y dejar tranquila a la familia Álvarez. Si Tarrant la echaba ya encontraría otro trabajo.

Pero en aquel momento sintió vibrar su teléfono móvil en su bolsillo.

–Hola –contestó.

–Reúnete conmigo en media hora en las bodegas.

Amado colgó inmediatamente después de darle aquella orden. Le había hablado de una manera muy diferente a la dulzura que había empleado la noche anterior.

Ella se sintió invadida por la tristeza. Todo era maravilloso cuando estaban sólo los dos. Pero en aquel momento un profundo dolor se apoderó de su cuerpo, así como un hambre que no podía ser saciada con comida. Nunca antes se había sentido tan sola.

Capítulo Nueve

Amado se dirigió a caballo hacia las bodegas. El paseo que había dado por las montañas no había logrado tranquilizarlo. Se había duchado y cambiado de ropa con la intención de borrar de su cuerpo cualquier rastro que quedara de la noche anterior.

Pero incluso en aquel momento deseó de nuevo a Susannah. Y no sólo deseó su cuerpo, sino también su cálida curiosidad, su personalidad… incluso aquella arruga que le salía en el entrecejo.

Una parte de él no quería hacer negocios con Hardcastle Enterprises, pero otra parte deseaba abrazar y besar a Susannah hasta que sus labios enrojecieran, deseaba hacerle el amor apasionadamente.

Y la segunda parte era la que estaba ganando.

Al llegar a las bodegas abrió la puerta de roble de éstas y entró. La sala de catas, lugar en el que había esperado encontrar a la dueña de sus pensamientos, estaba vacía. También lo estaban las demás salas. Entonces oyó risas fuera del edificio. Salió y vio a un grupo de personas alrededor de los barriles en los que acostumbraban a descansar sus empleados. En medio estaba Susannah, vestida con una bata blanca manchada de zumo de uva roja.

–Hola, Amado. Sofía y Joaquín me están enseñando a beber mate.

Sofía le pasó a Susannah la vasija con el té y ésta se la llevó a la boca para dar un sorbo.

Amado ignoró el calor que se apoderó de su cuerpo al observar cómo los labios de la mujer que lo tenían loco se cerraron delicadamente sobre la abertura de la vasija.

—¿Quieres un poco? —le ofreció entonces ella, mirándolo con sus ansiosos ojos.

Él se acercó a Susannah, agarró la vasija y dio un sorbo, distraído por el inocente mohín que esbozó ella. Entonces le entregó la vasija a Joaquín.

—Tomás me ha enseñado cómo limpiar el interior de un tanque —comentó Susannah—. Espero que no te importe. No les he retrasado en su trabajo.

El simpático Tomás se rió.

—¿Retrasarnos? Deberías contratarla a tiempo completo —comentó—. Es toda una profesional.

Amado asintió con la cabeza. La imagen de Susannah con aquella bata blanca que utilizaban los trabajadores le estaba perturbando mucho. Se preguntó qué llevaría debajo.

—Susannah y yo tenemos que trabajar —dijo entre dientes antes de darse la vuelta y entrar de nuevo en las bodegas.

Le agradó oír el sonido de las botas de ella siguiéndolo. Se preguntó cómo podía tener tanto poder sobre él aquella mujer. Se sintió invadido por la exasperación y el deseo.

Al llegar a su despacho, abrió la puerta.

—Quizá debería cambiarme. Tal vez manche algo de vino —comentó Susannah.

—Esto son las bodegas. No será un problema —respondió él, sentándose a su escritorio.

–Me ha gustado mucho ver cómo traspasan el vino del tanque a los barriles. Tus empleados son unos expertos. Y adoran su trabajo. ¿Dónde encuentras gente así?

–Ofrezco realizar prácticas a estudiantes de vinicultura de todo el mundo –explicó Amado–. Algunos de ellos se han convertido en mis mejores empleados. Y, desde luego, los duros trabajadores locales son la columna vertebral de nuestro negocio.

Tras decir aquello miró a Susannah, la cual estaba sentada en una silla. Se preguntó si no estaba ni siquiera un poco enfadada ante el hecho de que la hubiera dejado sola aquella mañana en las cuadras. Pero desde luego que no lo parecía.

–¿Interrumpes el trabajo en todas las bodegas que visitas o sólo lo haces cuando te has acostado con el propietario? –provocó para ver la reacción de ella.

–Yo… ellos me ofrecieron ayudar –contestó Susannah, impresionada–. Si he hecho algo mal, lo siento. Pero tus empleados me dijeron que siempre beben mate por la tarde. Había visto a gente beberlo antes y siempre había querido probarlo. Hay algo en la manera en la que comparten la bebida que lo hace muy diferente de la forma en la que consumimos la mayoría de las cosas actualmente.

Amado se echó para atrás en la silla.

–Yo hubiera pensado que una mujer americana lo habría considerado antihigiénico.

–A mí me parece precioso –comentó ella.

–Deberías aconsejarle a Tarrant Hardcastle que abriera el mate café más sofisticado del mundo.

–Eso no sería lo mismo –respondió Susannah, riéndose.

—Aun así, ahora que ya has visto cómo son las cosas por aquí, supongo que tendrás algunas ideas sobre cómo mejorar nuestras bodegas.

Él se quedó mirándola para desafiarla a que encontrara algún defecto a su preciado negocio.

Ella se chupó los labios. Provocó que una ola de calor le recorriera la ingle a Amado.

—La operación en sí es maravillosa y el personal a tu servicio parece ideal...

—¿Pero? —incitó él.

—Se me ocurren algunas sugerencias para mejorar tu marketing. Podríais mejorar el etiquetado y la imagen de la marca.

—Oh, eso es muy interesante —contestó Amado.

—Bueno, es sólo que la etiqueta no implica una verdadera identidad de los viñedos ni del vino en sí.

—Lleva impreso nuestro nombre.

—Sí, pero en la distribución del vino hoy en día también cuenta mucho la imagen. Una imagen puede indicar juventud y frescor, mientras que otra indica antigüedad y venerabilidad.

Él dio unos golpecitos en los apoyabrazos de su silla.

—¿Qué imagen te viene a la mente cuando ves Tierra de Oro?

La arruga del entrecejo de Susannah volvió a aparecer. Ésta miró al techo y después a Amado.

—Simplicidad.

—¿Simplicidad? —repitió él, frunciendo el ceño—. Quizá le parezcamos simples a una agencia de Nueva York, pero te aseguro que tanto nuestros vinos como nuestras operaciones son altamente complejos.

—Eso no es a lo que me refiero en absoluto —contestó ella, tomando una botella de Syrah que había sobre el escritorio–. Aquí hay magia, en la luz, en las montañas, en el hecho de que hayáis cultivado y mimado la misma tierra durante cien años. Pero esta etiqueta no lo expresa.

–¿Y qué es exactamente lo que sugieres?

–Quizá una etiqueta con un color más ligero, tal vez en papel sin blanquear y con una imagen de las montañas. Y que la escritura sea nítida.

Amado pudo visualizar todo aquello. Pensó que no estaba mal.

–Y tus bodegas están en un edifico espectacular y precioso.

Él se cruzó de brazos y fue incapaz de reprimir el orgullo que sintió. Él mismo había diseñado aquel edificio con la ayuda de un buen amigo que había estudiado arquitectura.

–Fue construido utilizando las antiguas técnicas canteras de los Huarpe.

–Así que es algo único y especial de Tierra de Oro. Expresa el carácter de los viñedos y de sus vinos. Podrías imprimir una imagen del edificio en la parte de abajo de la etiqueta.

Amado frunció el ceño.

–Hmm… veo a lo que te refieres.

–Y podrías extenderlo a otros artículos para invitados que visiten los viñedos. Camisetas, bolsos, quizá incluso estantes para vinos y artículos de esa naturaleza.

–Esto no es un parque temático como Disney World –contestó él, resoplando–. Y ya tenemos camisetas.

–¿Esas azules chillonas? Parece que son de publicidad para unas elecciones –comentó Susannah.

Amado se sintió irritado ante aquel insulto, pero no pudo evitar reírse.

–Ignacio se presentó a las elecciones hace unos años y sí que es cierto que hicimos muchas camisetas y las utilizamos para ambas cosas.

Ella esbozó una sonrisa al tratar de no reírse. Se echó para atrás y se cruzó de brazos.

–Los viñedos se merecen su propia etiqueta. Has llegado muy lejos con la calidad de tus vinos, pero para competir en el mercado de Estados Unidos ayudaría tener un estilo más distinguido.

Amado odió tener que admitir que probablemente ella tenía razón.

–¿Dónde está tu ropa?

–Pues está ahí –contestó Susannah, indicando con la cabeza el cuarto de baño del despacho de él–. Me cambié ahí. Espero que no te importe.

–En absoluto. Sólo hubiera deseado estar delante para verte –respondió Amado.

Ella se quedó mirándolo fijamente.

–¿Por qué me dejaste sola esta mañana en las cuadras?

–Tenía que ocuparme de ciertos asuntos.

–Uno de tus trabajadores me encontró allí.

–¿Quién? –quiso saber Amado.

–No lo sé. Un muchacho con una camiseta azul –contestó Susannah–. Pensé que era mejor que lo supieras.

Amado pensó que seguramente era Nahuel, el nieto de Rosa. El joven cotilleaba incluso más que su abuela.

Se percató de que Susannah no pareció avergonzada, pero sí que pareció estar analizándolo para encontrar sus defectos. Y haberla dejado sola aquella mañana había sido un error, aunque lo había hecho para intentar controlar de nuevo su cuerpo y mente.

–No me interesan los cotilleos y supongo que a ti tampoco –comentó, observando cómo el largo pelo de ella cayó sobre sus hombros al soltarse parcialmente el moño en el que se lo había peinado. El deseo se apoderó de él y anheló acariciar la suavidad de aquel cabello.

Se percató de que sólo tenía control si no estaba cerca de ella.

–Hablé con Clara –confesó Susannah–. Traté de asegurarle que nada había cambiado realmente. Y creo que me comprendió. Ama mucho a Ignacio.

El atrevimiento de Susannah molestó a Amado. Se preguntó quién era ella para meter el dedo en una herida que todavía estaba abierta.

–Deberías mantenerte apartada de nuestros asuntos familiares

–Eso mismo fue lo que me dijo Ignacio cuando hablé con él.

Amado maldijo silenciosamente.

–Mantente apartada de Ignacio. No tienes ni idea de lo que estás haciendo.

Amado no estaba seguro de si iba a ser capaz algún día de perdonar a su padre por haber apartado de su lado a la mujer que había amado. Se dio cuenta de que sólo Susannah había sido capaz de despertar de nuevo en él sensaciones que había olvidado hacía mucho tiempo.

–Ignacio me ha dicho que debo marcharme de inmediato –dijo ella.

–A tu jefe no le gustaría eso –respondió Amado, sintiendo cómo se le revolvió el estómago.

–No –concedió Susannah–. Y a mí tampoco. Quiero llevar tus vinos a los Estados Unidos. Estoy segura de que tendrán una excelente recepción. Tus precios podrían aumentar bastante si obtienes una buena crítica.

A Amado le tentó mucho aquella idea ya que implicaba que podría independizarse del hombre que le había mentido durante treinta años, el hombre que había alejado a Valentina de su vida.

Se negó a permitir que Ignacio echara a Susannah de la hacienda. No estaba preparado para perderla. No en aquel momento. No hasta que él mismo no hubiera terminado con ella…

Le enfureció el hecho de que pareció que Susannah pensaba que podía manejar su vida a su antojo, creía que podía vender sus vinos mejor que él y que podía alterar la vida de toda su familia al revelar una increíble verdad para luego arreglarlo todo y poner un bonito lazo encima.

Pero ella no lo controlaba todo. Él podría seducirla en aquel momento si quisiera y Susannah no lo rechazaría. Con sólo pensar en aquello se sintió invadido por un desalentador sentimiento de satisfacción.

–Tal vez deberías vestirte.

–Supongo –contestó ella, mirando la manchada bata que llevaba puesta–. Aunque prefiero llevar vino encima.

Amado no pudo evitar esbozar una sonrisa… ni observar las esbeltas piernas de ella cuando se levantó.

Susannah miró por encima de su hombro cuando entró en el cuarto de baño, el cual tenía un amplio vestidor donde había un gran sofá. Él se imaginó que éste sería perfecto para…

En aquel momento supo quién era el que estaba

en peligro de perder el control. Respiró profundamente y se levantó de la silla. Pensó que quizá sería mejor si ella regresaba a Nueva York lo antes posible ya que su presencia suponía una distracción.

–¿Qué debería hacer con esto? –preguntó Susannah, sujetando la bata por detrás de la puerta.

Amado frunció el ceño y se acercó a tomar la bata. Desafortunadamente no pudo evitar ver la delicada y aterciopelada piel de ella ya que la puerta estaba entreabierta. Incluso vio la bonita ropa interior que llevaba.

Se sintió increíblemente excitado. Entró en el cuarto de baño y cerró la puerta tras él. A Susannah se le abrieron los ojos como platos. Bajó las pestañas durante un segundo en una muestra de modestia.

Pero sus pezones, endurecidos bajo su sujetador, supusieron una burla a su modestia.

Amado le acarició la cintura y sintió cómo a ella se le contrajeron los músculos del estómago ante aquel contacto. Se quedó maravillado ante la manera en la que el cuerpo de aquella mujer respondió al suyo... aunque en realidad ocurría cada vez que la tocaba.

Amable y astuta, Susannah no pudo evitar ser a la vez sensual e instintiva.

–¿Cuál fue la verdadera razón para que me dejaras sola esta mañana?

–Tenía trabajo.

–Podrías haberme despertado.

–No quise molestarte –contestó él, imaginándosela sola sobre la manta.

Su excitación aumentó.

–Estaba preocupada. Pensé que tal vez... –Susannah se mordió el labio inferior.

–¿Qué?

–No podía abrir la puerta. Pensé que me habías encerrado dentro –contestó ella, mirándolo.

Amado se rió.

–¿Pensaste que te había hecho mi prisionera hasta que te necesitara otra vez?

–Es una tontería, ¿verdad? –comentó Susannah, sonriendo–. Supongo que me entró el pánico.

–Aun así, no es una mala idea –dijo él, dándose la vuelta y cerrando la puerta con llave–. Me gusta tenerte a mi disposición.

–Ignacio también estaba en las cuadras.

Amado se quedó helado.

–¿Te vio?

–No, se marchó antes de que el muchacho me encontrara. Pero puede descubrirlo. No quiero causar más problemas.

Él pensó que ella pareció muy seria allí de pie en ropa interior.

La vida estaba llena de crueles, pero a la vez divertidas, situaciones.

Susannah se quedó mirándolo, aparentemente ajena al hecho de que estaba casi desnuda.

–Ignacio dice que jamás hará negocios con Tarrant Hardcastle.

–Ahora soy yo el que dirige la hacienda –contestó Amado. Pero en realidad no quiso hablar de negocios. No mientras su cuerpo deseara sentir la piel de ella sobre la suya.

–¿Pero no sigue siendo él el propietario legal?

Amado frunció el ceño. Una extraña sensación se apoderó de él. Se preguntó si Susannah había investigado la propiedad de la hacienda.

–¿Tienes miedo de estar perdiendo el tiempo al tratar de hacer negocios con la persona equivocada?

–No, claro que no. Yo sólo… no quiero causar problemas –respondió ella con la aprensión reflejada en los ojos.

–¿No quieres causar problemas? –dijo él, riéndose–. Ya es un poco tarde para eso –añadió, recordando lo fácil que había sido su vida antes de que Susannah hubiera aparecido por allí. La hacienda había marchado muy bien y todos habían estado muy contentos.

Todos los secretos de la familia habían estado bien enterrados.

En aquel momento el dolor se apoderó de su cuerpo en la misma medida que la pasión.

Y todo era por culpa de aquella mujer.

Se acercó a ella, invadió su espacio. Le acarició la barbilla con su dedo pulgar y Susannah separó los labios.

–Quieres nuestros vinos, ¿no es así? –preguntó él.

–Sí, pero…

–Si yo quiero venderle nuestros vinos a Tarrant Hardcastle, lo haré. Los negocios son los negocios.

La arruga del entrecejo de Susannah se marcó profundamente. Amado quiso decirle que dejara de pensar, pero no quería perder el tiempo con discusiones, ni siquiera hablando, por lo que se acercó aún más a ella para silenciarla con un beso.

Se sintió muy aliviado al notar cómo los labios de Susannah se dulcificaron bajo los suyos y cómo ésta abrió la boca para darle la bienvenida a su lengua.

Mientras la besó, pensó que si Ignacio realmente lo consideraba hijo suyo y su heredero, no interferiría.

La tensión se apoderó de sus músculos y deseó poder perderse en los brazos de ella. Ya nada era seguro. Abrazó a Susannah estrechamente y sintió cómo ella le clavó los dedos en la espalda.

Cuando aquella mujer lo abrazaba, todos los problemas se desvanecían. No importaba otra cosa que la delicada caricia de su piel, así como su dulce aliento.

Sintió cómo un cosquilleo le recorrió los músculos en anticipación del alivio que ambos iban a experimentar. Le acarició el cuello y disfrutó del dulce gemido que emitió ella.

Al hundir la cara en el sedoso pelo de Susannah y acariciarle la espalda, el deseo de olvidarse de todo y todos, menos de ella, se apoderó de su corazón.

Capítulo Diez

Tras hacer el amor, Susannah se quedó tumbada en brazos de Amado. Lo único que se escuchó fue la agitada respiración de ambos.

Se dijo a sí misma que quizá nunca debió haberse dejado llevar por la pasión ya que aquélla era una clase de amor inapropiada. Una pasión nacida de la lujuria. Un amor sin futuro.

Tuvo la extraña sensación de estar al borde de un precipicio.

Sintió cómo Amado respiró profundamente.

–Te llevaré en coche a la casa –dijo él.

–Está bien –contestó ella, sintiendo cómo le dolió el corazón al pensar en separarse de aquel hermoso hombre. Deseó que aquel momento mágico durara un poco más de tiempo.

Amado la abrazó estrechamente. Lo hizo con tanta intensidad que el abrazo fue casi doloroso.

–¿Qué está ocurriendo ahora mismo en ese peligroso cerebro tuyo?

Susannah vaciló. Se preguntó a sí misma si haría algún daño decir la verdad.

–Simplemente estaba deseando que nunca nos hubiéramos acostado juntos –confesó–. Las cosas habrían sido mucho más fáciles, ¿no te parece?

–Supongo que sí –contestó él, tenso.

En ese momento pareció que el aire entre ambos se enfrió. Amado se apartó de ella y se levantó del sofá. Tomó del suelo su ropa y comenzó a vestirse.

–Vamos. No quiero hacerte perder más tu valioso tiempo.

Susannah se sentó en el sofá. Repentinamente sintió mucho frío, pero no se arrepintió de haber sido sincera.

–No creo que esto sea una pérdida de tiempo –afirmó–. Es preciso y cuando nosotros... –añadió, haciendo una pausa ya que no fue capaz de decir «hacemos el amor»–. Es sólo que el deseo no se va. Vuelve con más intensidad en cada ocasión.

Él dejó de abrocharse el cinturón y se quedó mirándola fijamente.

–¿Estoy siendo demasiado sincera? –quiso saber ella.

–No –contestó Amado, frunciendo el ceño. A continuación el humor se reflejó en sus ojos–. Bueno, quizá sí. Pero me gusta eso de ti. Estoy cansado de la gente que dice cosas que no siente.

Tras decir aquello se acercó a ella y le acarició la cara con ambas manos.

–Incluso aunque te cause problemas –dijo.

Susannah se sintió muy contenta al percatarse de que él comprendía que ella no podía mentir simplemente para hacer que las cosas fueran más fáciles.

Amado la besó y provocó que la excitación le recorriera el cuerpo. Entonces se apartó de su lado y continuó vistiéndose. Susannah no pudo evitar mirarlo y admirar la masculinidad de su cuerpo.

–Voy a comprobar cómo van nuestros nuevos vinos Chardonnay –comentó él una vez se hubo puesto la camisa–. ¿Vienes?

–Me encantaría –respondió ella. Pensó que aunque Amado no quisiera admitirlo, sentía hacia ella lo mismo que ella hacia él. Por lo menos un poquito.

El elegante vestido que había llevado puesto Susannah estaba bastante arrugado ya que de alguna manera había acabado debajo del sofá. Pero pareció que Amado no se percató y, afortunadamente, no había nadie alrededor cuando salieron del edificio.

–¿Dónde está tu coche? –preguntó ella.

–Ahí –contestó él, asintiendo con la cabeza ante un caballo negro que había atado a una valla–. No te preocupes, te ayudaré a subir.

–Oh, no –contestó Susannah, atemorizada–. No podría. Jamás he montado a caballo y no voy con la ropa adecuada.

–A la yegua no le importa lo que lleves puesto. Estarás muy cómoda. Estrella es muy tranquila y delicada. Está acostumbrada a llevar invitados que no saben montar.

–¿La has traído aquí por mí?

–Pensé que debías ver más zonas de la hacienda. Todavía no has explorado los viñedos. Y no quise que estropearas tus bonitos zapatos –respondió Amado con humor.

Susannah esbozó una sonrisa. Aquel hombre nunca dejaba de sorprenderla.

Pero tenía que subir a la yegua. Puso un pie en la mano que le ofreció Amado y arqueó la pierna sobre la silla de montar. Entonces se sentó sobre ésta.

–¿Y qué ocurre con mi coche? –preguntó.

–No te preocupes –contestó él, tomando las riendas de la yegua y comenzando a andar–. No irá a ningún sitio. ¿Estás cómoda?

—Sí –respondió ella. Según avanzaban se sintió más tranquila.

Amado apartó la yegua a un lado del camino al ver que un coche se acercaba. Cuando el vehículo llegó a su altura, comenzó a circular más despacio. Entonces la ventanilla del conductor se bajó. A Susannah le sorprendió ver a Clara.

—Hola, Amado.

Él se puso tenso y murmuró un educado saludo.

—He preparado algunos de tus pasteles favoritos –comentó Clara, mirando a Susannah a continuación–. Y también he hecho para ti, querida. Te agradezco la visita que me hiciste antes.

—Gracias, seguro que me gustan mucho –respondió Susannah.

Clara observó la manera en la que Amado estaba guiando a Susannah sobre la yegua y esbozó una misteriosa sonrisa.

—Puedo ver que ambos estáis ocupados, así que dejaré los pastelitos en tu casa.

—Está bien –dijo él, que permaneció rígido al alejarse Clara.

—Creo que Clara se está tranquilizando un poco –comentó Susannah–. Si tu padre…

—No quiero hablar de ellos –contestó Amado, apartándose del camino. Guió a la yegua a través de lo que pareció un huerto para llegar finalmente a los viñedos.

Ella permaneció en silencio mientras él le dio un paseo a lomos de la yegua por los viñedos.

—Pareces estar más relajada. ¿Quieres tomar las riendas? Estrella no irá a ninguna parte.

Susannah negó con la cabeza.

–Debes pensar que soy una ridícula. Supongo que tú comenzaste a montar cuando tenías tres años.

–Efectivamente –contestó Amado, sonriendo–. Pero todos somos diferentes y no quiero presionarte. Permíteme que te ayude a bajar –añadió, sujetando la yegua para que ella bajara.

Entonces tomó un racimo de uvas y lo examinó con mucha delicadeza. Susannah se quedó mirándolo. Pensó que aquel hombre trataba las uvas con la misma dulzura que le ofrecía a ella en la cama y no pudo evitar emitir un suspiro. Amado se dio la vuelta para mirarla.

–¡Qué bonito es todo esto! Ahora comprendo por qué no quieres viajar –comentó ella–. Tuviste suerte de que Ignacio te otorgara libertad para experimentar y para utilizar la tierra a tu antojo.

–Él fue el que tuvo suerte de que yo lo hiciera. La tierra había sido utilizada de forma excesiva para el pastoreo. No se puede seguir la tradición para siempre –respondió Amado.

–¡Estás tan enfadado con él! Tu padre te quiere y simplemente deseó lo mejor para ti.

–¿Cómo lo sabes? ¿Fue por eso por lo que apartó de mi lado a mi Valentina?

A Susannah le dio un vuelco el corazón ante la mención de la misteriosa Valentina.

–¿Fue tu novia?

–Hace mucho tiempo –contestó él–. Ella me enseñó a bailar, así como también muchas otras cosas que por aquel entonces yo no sabía. Nos queríamos casar, pero Ignacio nos lo prohibió. Dijo que ella no era una muchacha «adecuada».

La indignación se reflejó en la voz de Amado.

–Era cierto que su familia no era rica. Valentina nació fuera del matrimonio y su madre la crió sola. ¿Pero a quién le importa? Como dijiste tú, esa clase de cosas ya no es importante. Yo no estaba buscando una esposa rica que me mantuviera. Ahora que conozco mejor la situación, creo que me negaron casarme con ella ya que no quisieron que nadie buscara mi partida de nacimiento y se descubriera que yo no era quien mis padres decían que era.

–¿Ignacio provocó que ella se marchara? –preguntó Susannah, sintiendo un escalofrío.

–Yo quería que los dos nos hubiéramos ido juntos, que nos hubiéramos dirigido a un lugar desconocido y que hubiéramos comenzado una nueva vida. Pero ella no quería ni oír hablar del tema. Sabía lo mucho que esta tierra significaba para mí. Así que una noche se marchó. Valentina no tenía familia aquí, no tenía a nadie aparte de mí. Yo traté de seguirla, pero ella me rechazó. Me dijo que regresara a casa, al lugar al cual pertenecía.

Susannah se percató de la emoción que reflejó la voz de Amado.

–Lo siento tanto.

–Ignacio es quien debe sentirlo. Valentina y yo nos amábamos, pero ello no significó nada para él. Todo lo que le importó fue mantener escondido su estúpido secreto y preservar el honor de la familia. ¿Pero qué clase de honor es ése que prefiere la mentira a la verdad?

–¿Crees que forzó a Valentina a marcharse?

Amado asintió con la cabeza.

–Una vez que ella se marchó, ellos debieron haberse dado cuenta de que aquella situación siempre sería un problema, por lo que le pidieron a alguien que falsificara mi certificado de nacimiento. Yo tengo una copia en mi casa. En él se establece que Ignacio y Clara son mis padres.

—¡Vaya!

—¿Te das cuenta? El engaño es terrible. Durante diez años me han estado suplicando que me case, que garantice el legado —explicó Amado con el dolor reflejado en los ojos—. Un legado de mentiras. Quizá debí marcharme de aquí hace mucho tiempo para estar con la mujer que amaba. Pero Ignacio incluso también me arrebató esa opción.

Susannah no pudo evitar desear que Amado tuviera esa misma clase de sentimientos hacia ella.

—¿Y desde entonces no te has vuelto a enamorar? —quiso saber, maldiciéndose a sí misma nada más preguntar. No era asunto suyo ni debía inmiscuirse en la vida amorosa de aquel hombre.

—No.

Aquella respuesta impresionó a Susannah. Se forzó en esbozar una sonrisa.

—Supongo que te entretienes manteniendo romances con las visitantes extranjeras.

—Sí —contestó él, frunciendo el ceño.

De nuevo, la contestación de Amado dejó muy impresionada a Susannah, que sintió como si le hubieran dado un puñetazo en el pecho. Pero logró mantener la compostura.

—Los brotes ya están saliendo —comentó.

—Sí. Éste será su primer año en el proceso de producción.

—En poco tiempo estarán preparados para crear más vino de Tierra de Oro —dijo ella, forzándose de nuevo en sonreír.

Entonces pensó en el efecto que tendría en la familia Álvarez el hecho de que Tarrant Hardcastle metiera sus dedos en aquel negocio. Era el padre biológico de Amado, pero aun así...

–¿Cómo te hace sentir vender tus vinos a través de Hardcastle Enterprises?

–Me gusta la idea. Estoy preparado para el cambio. Creo que ha llegado el momento de llevar a Tierra de Oro a otra etapa.

–Estupendo –comentó Susannah, asintiendo con la cabeza.

Una vez estuvieron de vuelta en la casa, Susannah telefoneó a Nueva York. Amado quería realizar negocios con Hardcastle y era su trabajo hacerlo realidad... a pesar de su opinión personal. Logró explicarle a su jefe que había convencido a Amado de que cambiara la imagen de las bodegas.

–¡Maravilloso! –exclamó Tarrant–. Le ordenaré a Dino que realice algunos bocetos. Quizá los podremos tener impresos para la semana que viene. Asegúrate de que ninguna de sus antiguas etiquetas vuelve a salir al mercado.

Ella se estremeció. Todo lo que había hecho había sido contarle una idea y Tarrant ya estaba preparado para llevarla a cabo. Pero de aquella manera funcionaban las cosas en Hardcastle Enterprises. Y de aquella misma manera Tarrant había llegado a tener tanto éxito.

–¿Cuántas cajas quiere que compre? El año pasado produjeron más o menos cuatro mil y este año seguramente produzcan más, siempre y cuando la vendimia marche bien.

–Compra todas –contestó su jefe.
 –¿Perdón?
 –Todas. Cada caja que produzcan. Cada botella. Las compraremos todas al precio que él diga.

 Susannah se quedó boquiabierta. Tarrant quería que Amado pusiera el precio que quisiera.

 –Pero su hijo ya tiene clientes y una red de distribución aquí, en Sudamérica.

 –Nosotros le daremos un nombre a Tierra de Oro y el año que viene podrá cobrar el doble o el triple por cada botella. No creo que Amado tenga ninguna queja –respondió Tarrant.

Capítulo Once

Susannah se sintió como una traidora por actuar a espaldas de Amado. Quizá a éste no le importaba ella, pero a ella sí que le importaba él. Y Tierra de Oro también, así como el personal que trabajaba allí. No podía arriesgarse a alentar a Amado a realizar un acuerdo que fuera a destruir el espíritu de sus viñedos.

Ignacio estaba detrás de su casa, entretenido mientras podaba unos geranios. Clara la vio acercarse desde una ventana y la saludó con la mano.

Ella se sintió muy aliviada al ver que la pareja por lo menos estaba compartiendo el mismo espacio. Bueno, casi. Pero esperanzadoramente arreglarían pronto sus problemas.

Se acercó a Ignacio tanto como se atrevió y carraspeó. Él se dio la vuelta y la miró.

–Sé que usted no quiere que esté aquí. De muchas maneras desearía poder dar marcha atrás en el tiempo y dejar las cosas como estaban antes de mi primer viaje.

Ignacio gruñó y continuó arreglando una planta.

–Pero no puedo hacerlo –prosiguió ella–. Vine como empleada de una empresa para hacer un trabajo del que disfruto mucho. Pero hoy estoy aquí porque yo, Susannah Clarke, soy responsable de lo que hago –añadió con las manos temblorosas.

Algo en su tono de voz provocó que Ignacio levantara la mirada.

–Mi jefe, Tarrant Hardcastle, quiere comprar toda la producción de vino de este año de Tierra de Oro –explicó ella.

Ignacio se levantó. Esbozó una dura mueca y la expresión de sus ojos asustó a Susannah.

–Ello supondría un gran impulso financiero para los viñedos ya que Tarrant me ha dado órdenes de que deje que Amado establezca el precio que quiera –comentó Susannah.

–¿Quiere comprar todo el vino? Jamás he oído nada parecido.

–Tarrant tiene mucho dinero.

–Quiere controlar a mi hijo –dijo Ignacio, poniéndose tenso–. Bueno, a su hijo.

Ella no pudo discutir aquello. Su jefe era capaz de tratar de comprar afecto... o forzarlo.

–Si Amado accede... –Ignacio agitó la cabeza y se llevó un puño al corazón.

–Me siento extraña al tener que preguntarle esto, de hecho me siento completamente fuera de lugar, pero... ¿tiene Amado el derecho de hacerlo?

–¿Te refieres a si es su viñedo o el mío?

Susannah asintió con la cabeza.

–Legalmente sigue siendo mío. Pero las bodegas y todo el vino que en ellas se produce son de Amado, por lo menos lo son sentimentalmente –contestó el señor Álvarez, dándose unos golpecitos en el pecho–. Mi hijo hizo renacer los viñedos y los llevó a alcanzar el esplendor que hoy ves. Estoy muy orgulloso de sus logros y jamás trataría de arrebatárselos. Y en ese aspecto sí, Amado tiene todo el derecho de hacer con su vino lo que quiera.

Susannah suspiró, aliviada. Pensó que por lo menos aquel acuerdo con el diablo que iba a realizar Amado no provocaría que Ignacio lo echara de la hacienda. Pero tampoco podría soportar si el acuerdo causaba un distanciamiento permanente en la familia.

–¿Pero a usted qué le parece la idea?

–¿Que qué me parece? –contestó Ignacio–. ¿Qué clase de pregunta es ésa? ¿Cómo me siento ante el hecho de que mi hijo decida entregarle el trabajo de toda su vida a un malnacido que le dio la vida por accidente y que al mismo tiempo le dé la espalda al hombre que lo crió?

El señor Álvarez pareció estar muy agitado.

–Pero para contestar a tu pregunta, no, no voy a utilizar mi derecho de controlar los viñedos para impedir el acuerdo. Aunque Amado ya no me considera su padre, yo siempre consideraré que es mi hijo.

En ese momento la puerta trasera de la casa se abrió y Clara salió al jardín.

Ignacio miró a Susannah con lágrimas en los ojos y ésta sospechó que él acababa de darse cuenta de sus verdaderos sentimientos. Clara le puso una mano en el brazo y su marido tomó ésta entre las suyas.

–Amado fue como un regalo para mí. Llegó inesperadamente y como resultado de una tragedia, pero me aportó más felicidad de la que jamás me hubiera podido imaginar. Y también aportó a mi vida una bella y maravillosa esposa, Clara.

Tras decir aquello, agachó la cabeza y le dio un

beso en la mano a su mujer, a la cual le cayeron dos lágrimas por las mejillas.

–Ella se casó con un enfadado viudo que había perdido a su hija. Se casó con su exigente jefe. ¿Qué clase de persona se arriesga a hacer algo así? –preguntó Ignacio–. Con su bondad, Clara transformó un desastre en la experiencia más dulce que un hombre puede experimentar.

Entonces tomó la cara de su esposa entre sus manos y la besó.

Una emocionada Susannah se echó para atrás y comenzó a alejarse de allí para otorgarle a aquella bonita pareja la intimidad que merecía.

–Gracias –logró decir–. Yo ya me marcho.

Mientras se alejó de la casa de los Álvarez se dio cuenta de que, en cuanto Hardcastle Enterprises pusiera sus garras sobre Tierra de Oro, aquella hacienda cambiaría para siempre. Una vez que Amado tuviera que deshacerse de sus antiguos clientes, dependería de Hardcastle Enterprises. Y ella no quería formar parte de aquello... aunque el no hacerlo supusiera tener que abandonar el trabajo que amaba.

Se detuvo para mirar las montañas y sacó su teléfono móvil de su bolsillo.

–¿Qué quieres decir con eso de que no puedes hacerlo? –exigió saber Tarrant al otro lado de la línea telefónica–. ¿Mi hijo no quiere venderme sus vinos?

–Él sí que quiere. Pero yo creo que no debería hacerlo. No creo que sea lo mejor para la hacienda –contestó ella.

–¿Y quién eres tú para expresar tu opinión? –respondió Tarrant con el enfado y la arrogancia reflejados en la voz.

–Quizá yo no sea alguien importante, pero comencé con esta operación y me siento responsable. Y no voy a ser parte de ello –dijo Susannah–. Renuncio a mi puesto.

–Renuncia aceptada.

Tras terminar aquella conversación telefónica, ella continuó andando y vio a Amado en uno de los viñedos cercano a su casa. Se detuvo un momento para observar su masculina belleza.

Lo iba a echar mucho de menos ya que como ya no trabajaba para Hardcastle Enterprises no regresaría a aquel lugar. Jamás.

–Amado.

Él se dio la vuelta y esbozó una sonrisa que iluminó su cara.

A ella se le revolucionó el corazón al comenzar ambos a acercarse el uno al otro. Pensó que era una imagen romántica, pero que en realidad no había nada romántico al respecto.

–Tarrant quiere comprar toda la producción que hayas obtenido este año –informó al estar frente a Amado.

–¿Por qué? –preguntó él, deteniéndose.

–Supongo que quiere apoyarte… o poseerte. O alguna otra cosa. Quizá sea su retorcida manera de demostrar que le importas.

–¿El precio? –quiso saber Amado, frunciendo el ceño.

–Dice que debes ser tú quien lo establezca –contestó ella–. Yo le he dicho que no voy a formar parte de esto.

–¿Por qué?

–Porque no creo que sea buena idea, ni para la hacienda ni para ti.

—¿No es buena idea establecer nuestros precios para unos vinos que se exportarán a las mesas de los entendidos de Estados Unidos, los cuales elevarán la categoría de nuestra marca? —respondió Amado, resoplando—. ¿Crees que nuestros vinos no están preparados... o que no son suficientemente buenos?

—Creo que vuestros vinos podrían venderse en cualquier lugar y estoy segura de que así será. Pero no creo que debas permitir que Hardcastle Enterprises controle tu distribución. Tal vez terminen exigiéndote cosas con las que no estás de acuerdo. Yo he renunciado a mi trabajo.

—¿Que has hecho qué? —preguntó él, incrédulo.

—Ya he hecho suficiente daño aquí como representante de Hardcastle Enterprises. Adoraba mi trabajo, pero no podría haberme mirado al espejo si te hubiera incitado a que aceptaras esta oferta. Si le vendes toda la producción a Tarrant, herirás enormemente a tu padre. Sé que ahora estás enfadado con él por lo que le hizo a Valentina, pero seguro que no quieres crear una barrera permanente entre ambos.

—Como tú misma me forzaste a descubrir, Tarrant Hardcastle es mi padre —comentó Amado.

—Técnicamente, sí.

—Y tú has decidido, en tu inmensa sabiduría, que así deben continuar las cosas.

—Creo que sería bueno para ti que tuvieras una relación más cercana con Tarrant, pero no a costa de Tierra de Oro ni de tu relación con Ignacio.

—Tú lo sabes todo, ¿no es así?

—Pensé que sabía mucho más de lo que en realidad sé —contestó Susannah.

—¡Qué fácil te resulta desentenderte del asunto!

Sin duda ya estás preparada para continuar viajando y dirigirte a algún lugar donde no tengas que soportar un drama emocional tan intenso –dijo él, acercándose a ella–. Algún lugar donde tengas más distancia. Más control.

A Susannah le dio un vuelco el estómago al penetrar él en su espacio personal. La masculina fragancia del cuerpo de aquel hombre la embriagó.

–No quiero estropear la relación que puedas llegar a tener con Tarrant, pero tampoco quiero estropear tu relación con Ignacio –aseguró.

–Las cosas siempre versan sobre otras personas, ¿verdad? Nunca versan sobre ti.

–Yo sólo he sido una mensajera en todo este asunto, pero ya no puedo seguir adoptando ese papel. Por eso me marcho.

–Lo que yo creo es que has aprendido a vivir como una turista permanente. Siempre mirando las cosas desde fuera. Ofreces consejos, pero te mantienes a una cierta distancia de seguridad. Hasta que me conociste a mí –respondió Amado, acercándose aún más a ella. La abrazó por la cintura y le besó los labios.

Susannah trató de apartarse y de recuperar el control, pero le fallaron las piernas y repentinamente lo abrazó por la espalda. Se sintió invadida por una intensa emoción. Pero incluso al devolverle el beso apasionadamente no pudo evitar odiarlo por aquella última demostración de poder que había hecho.

Él dejó de besarla tan repentinamente como había comenzado.

–Es sólo sexo, ¿no es así? –dijo–. Simple lujuria.

Ella asintió con la cabeza.

–Creo que podrás analizarlo si lo intentas verdaderamente –comentó él–. Marcharte es un buen comienzo.

Amado se quedó mirándola con la intención de retarla a que se marchara de allí. La miró a los pies y Susannah recordó el masaje que le había dado la primera noche que se habían conocido.

–También es culpa tuya –respondió ella–. Yo no pedí que me sedujeras. Jamás me había acostado con nadie en mis viajes de negocios. ¡Tú comenzaste todo!

–Desde luego. Te llevé por mal camino. Me disculpo –contestó él.

–Yo pensé que sería divertido. No me percaté de que… –Susannah dejó de hablar y tragó saliva.

–¿No te percataste de qué? ¿De que eres una mujer capaz de tener sentimientos?

–Sí –concedió ella, susurrando–. Nunca olvidaré el tiempo que hemos pasado juntos –añadió, dándose la vuelta. Entonces se marchó corriendo de aquel lugar ya que fue incapaz de quedarse allí durante un segundo más sin romper a llorar delante de Amado.

Amado se quedó mirando cómo corrió Susannah. Sintió cómo el enfado se apoderó de él ante el hecho de que ella pudiera simplemente salir corriendo y marcharse de allí. Le enfureció que aquella mujer hubiera despreciado la profunda conexión que habían tenido y que considerara ésta como una aventura más para él.

Había pedido que Susannah regresara a Tierra de Oro para poder saciar la intensa lujuria que despertaba en él. Había planeado enviarla de nuevo a Nueva York cuando se hubiera cansado de ella. Pero Susannah se iba a marchar porque no quería seguir negociando. Incluso había abandonado el trabajo que adoraba para poder alejarse de él...

—Oye, tontorrón, ¿qué haces que no estás corriendo tras ella?

Amado se dio la vuelta y vio a Rosa. Ésta estaba en el camino que había junto a los viñedos.

—¿Que corra tras ella? ¿Para qué? Susannah está deseando marcharse de aquí –contestó.

—Quizá ella piense que eso es lo que quiere, pero tú sabes que no es así.

—¿De qué estás hablando, viejita loca?

—Susannah te ama –dijo Rosa, acercándose a Amado.

—No, no me ama. Se va a marchar por voluntad propia.

—¿Al igual que Valentina se marchó por voluntad propia hace tantos años? –comentó Rosa, agitando la cabeza–. Podrías haberte marchado con ella, pero no lo hiciste porque sabías que tu lugar estaba en Tierra de Oro.

—Valentina me rechazó –le recordó él.

—Lo hizo porque te amaba y porque no quiso separar a tu familia.

—Ignacio la echó de mi lado –insistió Amado.

—¿Y ahora le vas a permitir que vuelva a hacer lo mismo? Yo llevo trabajando para esta familia desde que era una niña e Ignacio siempre ha sido demasiado terco y obstinado. Amó a Clara durante diez desesperantes años antes de que tú llegaras y por fin los unieras. Ya soy demasiado vieja como para observar cómo otro Álvarez aparta de su lado a la mujer que ama por su estúpido orgullo. ¡Corre tras ella! –le ordenó Rosa.

–Susannah no me ama –dijo Amado, sintiendo cómo el dolor se apoderó de él.

–Sí que te ama –contradijo su antigua niñera–. Te ha demostrado su amor al tratar de salvar a tu familia, aunque ello signifique tener que marcharse de aquí. Y tú, aunque ahora mismo estés demasiado alterado como para darte cuenta, también la amas a ella. ¡Corre!

Amado se dirigió deprisa hacia la casa, pero no corrió. Aunque al observar la escena que se estaba desarrollando frente a su vivienda comenzó a correr más rápido que nunca. Cástor y Pólux habían tirado a Susannah al suelo junto al coche de ésta y no paraban de ladrar.

–¡Ayuda! –suplicó ella.

Cástor le lamió la cara. Entonces Amado dejó de correr y esbozó una sonrisa.

–No quieren hacerte daño –la tranquilizó al percatarse de que los perros sólo querían ser cariñosos.

–No se dan cuenta de su propia fuerza y uno de ellos está pisando mi vestido. No me puedo levantar.

Los perros se giraron para mirar a su dueño con afecto.

–Creo que no quieren dejarte marchar –comentó Amado, riéndose. Entonces les ordenó a los perros que se alejaran y le ofreció su mano a Susannah para ayudarla a levantarse.

Ella aceptó la ayuda y, cuando por fin se levantó, Amado se percató de que tenía la cara llena de lágrimas.

–¿Qué ha ocurrido? ¿Estás bien? Normalmente mis perros no actúan de esta manera.

–Yo sólo quise despedirme de ellos. Darles un abrazo –contestó Susannah–. Pero se emocionaron y me tiraron al suelo.

—Son muy cariñosos.

—Lo sé —respondió ella, parpadeando. Le cayeron dos lágrimas por las mejillas—. Todavía recuerdo la manera tan entusiasta en la que me recibieron en mi primera visita. Los echaré de menos —confesó—. Y a ti te echaré muchísimo de menos —añadió, mirando a Amado con lágrimas en los ojos.

—¿Por qué tienes que marcharte? —quiso saber él, percatándose de que no quería separarse de ella. Quiso llevarla a su cama, pero no para hacer el amor. Sólo para abrazarla.

—Ya he causado demasiados problemas. Pensé que estaba ayudando, pero no era así. He creado un caos y no sé cómo arreglarlo. Me he involucrado personalmente y no debí haberlo hecho.

—¿Quién dice que no debiste hacerlo? —preguntó Amado, acercándose a ella.

—Tú —respondió Susannah, alzando la barbilla.

Él se detuvo. Recordó que le había dicho que se mantuviera alejada de sus asuntos.

—Y tienes razón —continuó ella—. No quiero decirte lo que tienes que hacer con tus viñedos. Y, sobre todo, no quiero decirte que hagas algo que creo que no está bien.

—Valoro tus consejos.

—Lo sé —contestó Susannah—. Has aceptado mis consejos de muy buenas maneras. Me has tratado con respeto y me has ofrecido tu hospitalidad. Y todo marcharía bien si yo simplemente estuviera realizando mi trabajo y representando a mi jefe. Pero tienes razón; no puedo ir por la vida siendo la representante de otra persona. Tengo que hacer lo que yo crea que es correcto.

—¿Aunque ello implique renunciar al trabajo que adoras? –preguntó él.

—Sí. Tierra de Oro es un lugar especial y no podría haber vivido con la conciencia tranquila si hubiera hecho algo para dañar la hacienda o a la gente que la adora.

—Porque tú también la adoras.

—Sí –concedió ella.

Amado sintió una necesidad casi insoportable de abrazarla.

—Algunas personas dicen que puedes enamorarte a primera vista.

—Eso no es amor. Es atracción –comentó Susannah–. Pero te invita a explorar, a buscar el espíritu de un lugar. O a esperar que éste se revele ante ti. Y no tarda mucho en hacerlo.

—Quizá tan sólo un día.

—O una noche –dijo ella con los ojos llenos de lágrimas de nuevo.

Ambos sabían que ya no estaban hablando de un lugar.

—Susannah –Amado se acercó a ella y le tomó la mano. Desde que la había conocido no había sido capaz de dejar de pensar en ella–. Has despertado algo en mí. Algo bueno y malo a la vez. Malo porque he descubierto que la gente a la que más quería me había estado mintiendo durante años. Pero también bueno ya que al poner a prueba esas relaciones me he dado cuenta de lo mucho que tengo que perder. Creo que lo peor que podría ocurrirme sería perderte.

Ella se quedó mirándolo y parpadeó. La confusión que sintió se reflejó en su cara.

–Lo que estoy tratando de decirte es que… –prosiguió él. Pero tuvo que hacer una pausa–. Te amo.

–Yo también te amo.

La respuesta de Susannah impresionó a Amado, que todavía estaba inmerso en su propia declaración, en la sinceridad de ésta y en el enorme alivio que sintió al realizarla.

–¿De verdad?

–Sí –respondió ella, sonriendo–. Creo que te amo desde aquella primera noche en la que me percaté de que iba a ser más difícil de lo que había pensado el simplemente alejarme de aquí.

–No te marches. Quédate conmigo.

Susannah frunció el ceño. Las emociones que sintió se reflejaron en sus delicadas facciones.

–Sé que es un país distinto al tuyo, pero tú has viajado y vivido en muchos lugares. Me ayudarás a dirigir los viñedos y cualquier otra cosa que quieras hacer –insistió él.

–¿Yo? ¿Aquí? –preguntó ella.

–¿Por qué no? –dijo Amado, acercándola hacia él. Tomó sus dos manos entre las suyas.

–Pero yo no tengo experiencia…

–¿En qué? ¿En quedarte en un mismo lugar? Es fácil. Simplemente no vas a ningún sitio.

–Me refiero a encajar en una familia, a ser parte de una comunidad –explicó Susannah–. ¡Mírame! –ordenó, indicando el delicado vestido que llevaba puesto–. Estoy visitando una hacienda y llevo puesto un vestido.

Amado sonrió.

–Me encantan tus vestidos. Y, por si no te has dado cuenta, Clara y Rosa siempre llevan falda. Supongo que es una tradición de la familia Álvarez. ¿Comprendes? Ya encajas perfectamente.

−¿Eso crees? −preguntó ella, mirándolo con la vergüenza reflejada en los ojos.

−Lo sé −contestó él. Incapaz de contenerse durante más tiempo, la abrazó y la besó apasionadamente−. ¿Te casarás conmigo, Susannah? −le preguntó cuando tuvo que dejar de besarla para tomar aliento−. ¿Te convertirás en mi esposa?

−¡Oh, cielos! −respondió ella, tomando la cara del hombre al que amaba entre sus manos−. ¿Crees que podría? ¿Incluso después de lo que hice?

Amado sintió cómo le dio un vuelco el corazón.

−Siempre estaré agradecido de que tú aceptaras la nada envidiable tarea de traerme la noticia de mis verdaderos orígenes.

−¿Hablas en serio? −quiso saber Susannah, impresionada.

−Sí, porque ahora sé quién soy. He encontrado una nueva parte de mí y al mismo tiempo te encontré a ti −contestó él. Entonces vaciló y respiró profundamente−. Por favor, di que te casarás conmigo.

−Me encantaría casarme contigo y ser tu esposa −contestó ella, emitiendo algo parecido a una risa y a un sollozo al mismo tiempo−. ¿Serás mi esposo?

Sólo Susannah sentiría a su vez la necesidad de invitarlo a él a su vida.

−Sería mi mayor orgullo y alegría −respondió Amado.

Ella sonrió, abrazó al hombre que amaba y lo besó apasionadamente.

Él se sintió eufórico. Pensó que pasar el resto de su vida con Susannah prometía ser una aventura maravillosa.

Epílogo

—¡Dios mío! ¿Qué es eso? —Samantha Hardcastle agarró el brazo de Susannah.

Ambas miraron lo que parecía ser una vaca atada a una columna de hierro forjado y suspendida sobre una barbacoa. Susannah se rió. Ella misma todavía se estaba habituando a las costumbres locales.

—Aquí se toman su parrilla muy en serio.

—¿Qué es una «parrilla»?

—Es una barbacoa, lo que en esta zona es como una especie de arte.

El rico aroma de la carne ya casi asada era embriagador. El jardín estaba iluminado por los últimos rayos de sol y por los faroles que había en los árboles y en las mesas decoradas especialmente para celebrar el banquete de bodas de Amado y Susannah.

—Mira a Ignacio y a Tarrant —le susurró Sam al oído.

Los dos padres de familia estaban el uno enfrente del otro con los brazos en alto como queriendo indicar el gran tamaño del animal.

—¡Hombres! —exclamó Sam—. Me temo que no cambian mucho. Lo aprendí en algún momento entre mi segundo y tercer matrimonio. Simplemente tienes que amarlos tal y como son.

—Yo tengo muchas ganas de hacerlo —dijo Susannah, esbozando una tímida sonrisa.

–Tienes mucha suerte, Amado y tú la tenéis, al tener tantos años por delante. Dime que me convertiréis pronto en abuela.

A Susannah le dio un vuelco el corazón al ver que los ojos de Sam se llenaron de lágrimas. La pobre Samantha apenas tenía treinta años y sin duda desearía tener un hijo, pero no era posible debido a que Tarrant estaba muy enfermo. En poco tiempo su tercer matrimonio también terminaría y ella se convertiría en viuda.

Susannah no pudo evitar abrazarla.

–Eres bienvenida aquí siempre que quieras, lo sabes, ¿verdad? Tanto con Tarrant o tú sola. Piensa en Tierra de Oro como tu segunda casa.

–A Tarrant siempre le ha encantado viajar. Los médicos le prohibieron terminantemente venir aquí, pero él dijo que preferiría estar muerto antes que perderse la boda de su hijo. ¡Dios mío! ¡Mira!

Susannah se giró y vio el abrazo que se dieron Tarrant e Ignacio.

–¿Qué les habéis hecho a mis padres, señoritas? –preguntó Amado, acercándose a ellas y abrazándolas a ambas por la cadera–. Seguro que fue aquello que dijo Sam acerca de que no puedes cambiar el pasado pero sí el futuro. Parece que van a ponerse a llorar.

–Creo que la boda nos ha emocionado a todos –susurró Susannah, apartando un mechón de pelo de la frente de su recién estrenado marido, el cual estaba extremadamente atractivo–. Yo lo estoy, incluso después del aleccionador discurso de mi madre acerca de las obligaciones que tiene una esposa con su marido.

Amado sonrió y le dio un beso en la mejilla.

–Voy a asegurarme de que las cumplas, querida

–dijo–. Sobre todo la parte en la que tú apoyas la sagrada institución del matrimonio cuando mantienes a tu marido contento en la cama –entonces miró a Sam–. ¿No es Susannah la mujer más bella del mundo? ¿O es simplemente que estoy perdidamente enamorado de ella?

Entonces se echó para atrás y su esposa se ruborizó ante la admiración que reflejó su mirada.

–Es este precioso vestido –comentó ella–. Lo han hecho Clara y Rosa. ¿No son estupendas?

–Desde luego –concedió él.

–Dicen que cuando eran jóvenes solían confeccionar su propia ropa. ¿Os lo podéis imaginar?

–De ninguna manera –terció Sam, riéndose–. La industria de la moda se desmoronaría si yo comenzara a hacer algo así.

En ese momento Amado le puso un brazo a Sam por encima de los hombros.

–Tú eres mi tercera madre, ¿lo sabías? Creo que Marisa estaría muy contenta de vernos hoy aquí a todos juntos –comentó, acariciando el brazo de la señora Hardcastle–. Y todo es gracias a ti, Sam. Tú comenzaste la búsqueda de los hijos perdidos de Tarrant.

A Susannah se le llenaron los ojos de lágrimas al observar la emoción que se reflejó en la cara de Sam.

–Gracias, Amado. No puedo expresar con palabras lo mucho que significa para mí vernos a todos juntos… y tan contentos. Esta boda es una maravillosa bendición.

–Este día vivirá para siempre en nuestros corazones –respondió él–. ¿Nos harás el honor de tocar la campana para que todos vengan a cenar? –le preguntó a Sam.

—Me encantará.

Al oír el sonido de la antigua campana, todos los invitados se acercaron al centro del precioso jardín. Ignacio tomó a su amada Clara del brazo, Tarrant acompañó a su hija, Fiona, Dominic y su esposa, Bella, se acercaron practicando sus pasos de tango y los padres de Susannah mantuvieron una animada conversación con Tomás. Susannah incluso había logrado encontrar a Valentina, la cual viajó desde la Pampa con su marido y sus tres hijos para unirse a la celebración.

El magnífico banquete se prolongó durante toda la noche. La alegre música de la que se disfrutó amenizó la velada y la boda de Amado y Susannah fue celebrada con brindis, lágrimas y muchos, muchos vasos del mejor vino del planeta.

En el Deseo titulado
Aventura de escándalo, de Jennifer Lewis,
podrás terminar la serie
LA SEDUCCIÓN DEL DINERO

Deseo™

Amar por venganza

YVONNE LINDSAY

Casarse antes de cumplir los treinta años o perder una fabulosa herencia. Lo que para Amira Forsythe era una decisión difícil, para su ex prometido, Brent Colby, era una oportunidad de oro para vengarse.

Brent pensaba que Amira era una caprichosa joven de la alta sociedad y nunca creería para lo que de verdad necesitaba el dinero. Ocho años antes, Amira lo había humillado delante de cientos de invitados a una boda que nunca se celebró. Ahora él tenía la oportunidad de hacer lo mismo: seducirla, hacerle el amor y marcharse.

La venganza perfecta: ¡el matrimonio!

¡YA EN TU PUNTO DE VENTA!

Acepte 2 de nuestras mejores novelas de amor GRATIS

¡Y reciba un regalo sorpresa!

Oferta especial de tiempo limitado

Rellene el cupón y envíelo a
Harlequin Reader Service®
3010 Walden Ave.
P.O. Box 1867
Buffalo, N.Y. 14240-1867

¡Sí! Por favor, envíenme 2 novelas de amor de Harlequin (1 Bianca® y 1 Deseo®) gratis, más el regalo sorpresa. Luego remítanme 4 novelas nuevas todos los meses, las cuales recibiré mucho antes de que aparezcan en librerías, y factúrenme al bajo precio de $3,24 cada una, más $0,25 por envío e impuesto de ventas, si corresponde*. Este es el precio total, y es un ahorro de casi el 20% sobre el precio de portada. !Una oferta excelente! Entiendo que el hecho de aceptar estos libros y el regalo no me obliga en forma alguna a la compra de libros adicionales. Y también que puedo devolver cualquier envío y cancelar en cualquier momento. Aún si decido no comprar ningún otro libro de Harlequin, los 2 libros gratis y el regalo sorpresa son míos para siempre.

416 LBN DU7N

Nombre y apellido   (Por favor, letra de molde)

Dirección   Apartamento No.

Ciudad   Estado   Zona postal

Esta oferta se limita a un pedido por hogar y no está disponible para los subscriptores actuales de Deseo® y Bianca®.
*Los términos y precios quedan sujetos a cambios sin aviso previo.
Impuestos de ventas aplican en N.Y.

SPN-03   ©2003 Harlequin Enterprises Limited

¡Debe proponerle matrimonio por honor y deber!

El príncipe Rafiq de Couteville cree que Alexa Considine es la amante de un delincuente, y que utilizarla para vengar la muerte de su hermana será un placer...

Lexie no puede comprender por qué atrajo la atención del príncipe de Moraze, ella simplemente quiere unas vacaciones tranquilas. Pero Rafiq es irresistible, y pronto se encuentra en su cama.

Para horror y vergüenza de Rafiq, ¡Lexie es virgen!

Seducida por un príncipe

Robyn Donald

¡YA EN TU PUNTO DE VENTA!

Deseo

Oscura pasión

ANN MAJOR

Cici Bellefleur, una chica pobre de las tierras pantanosas, había amado a uno de los hermanos Claiborne y había sido seducida por el otro. Ingenuamente, había entregado su inocencia a Logan para descubrir que su seducción había tenido un solo fin. Fue una traición que no olvidaría ni perdonaría nunca.

A Logan le sorprendió descubrir que Cici había vuelto y comprender que su deseo por ella no había disminuido con el tiempo. Años antes la había seducido para apartarla de su hermano gemelo; sin embargo, esa vez el magnate se propuso conquistarla de nuevo... sin otro objetivo que su propio placer.

El hombre al que no podía resistirse

¡YA EN TU PUNTO DE VENTA!